乩童警探

雙重謀殺

張國立 著

目次

第一部

十年前

門口是那雙噁心的黑色高筒穿得掉色、布滿蒼白皺紋的圓頭皮鞋，男孩痛恨眼前的鞋子。

男人說男子漢該穿這種鞋。

「傘兵靴。死囝仔，沒看過吧。鞋帶要穿過左右兩邊各九個孔。麻煩，哦？摸摸看鞋頭，菜刀掉在上面也不會傷到腳。我從警專起就穿這種鞋，只穿這種。男人，要受過訓練，穿得像男人，說話像男人，打炮更要像男人。」

他突然伸手抓住男孩的褲襠：

「嘿嘿嘿，麻糬，等它長大變硬，我教你怎麼當男人。」

男孩忘不了他的手將小雞雞包得緊緊的感覺，一下子，他不知道該打他還是逃走，男孩只是整個身體僵直，好像小時候摸牆角插座被電到的感覺。

鞋子旁是綁在腰部的工具帶，手電筒、伸縮棍、手銬、通話器、彈匣袋。

「MP5衝鋒槍的彈匣袋，以前裡面裝三十發彈匣四個，我打過至少一百發，每顆子彈比你小老二還長。」

男人竟然拉開男孩的腰帶看看裡面。

「媽的，自己打過手槍沒？」

男人用不屑的表情彈回男孩的腰帶。

「想不想看看恁爸的？嘿嘿，去SEVEN幫我買一手啤酒，金牌的，恁爸高興就讓你看，不要被嚇到。」

沒去買啤酒，男孩縮在棉被內聽著隔壁木床撞牆壁的聲音，一手伸進褲子內，輕輕地撫摸自己，很舒服，心跳變快，可是小雞雞沒有長大。男孩在咚咚咚聲音裡不知不覺睡著。

男孩看著那雙如同融化冰淇淋的軟趴趴破傘兵靴。

他又來了。

男孩走進客廳，地板到處是衣服，油味、臭味的迷彩長褲和T恤。男孩重重踩了白色泛黃的BVD三角內褲一腳。

媽的房門沒關攏，聽到她的叫聲，還有男孩以前沒聽過的髒話。

他用罵人的聲音罵媽媽，罵她是賤貨是騷屄。以前他喝醉酒只會罵死查某。

接近房門，男孩看到媽媽兩隻舉向天花板的腳，指頭一下子往內蜷曲，一下伸直得像演唱會用的應援拍板。他壓在兩條光溜溜的大腿中間，嘴裡仍然罵髒話，媽媽沒有回罵，只是感冒發燒那樣呻吟，有時發出看鬼片那樣的尖叫。

無尾熊那樣，媽媽兩手緊緊抱在他腰間，背都懸空地嘶喊。聽不清她喊什麼，有國語有台語。他還逼媽媽，不停地逼問她爽不爽。

男孩看見他兩手撐著床墊，突起的屁股不停地上下。男孩曾經在鏡子前想看自己的屁股用力會不會也結成兩團變成學校對面賣的北海道牛奶麵包，看不到，不管男孩怎麼轉身體，就是看不到。

媽一直甩頭，甩得頭髮遮住臉，兩手抓他的肩膀，抓出他肩頭好幾道的血痕。媽大叫她死了。忽然男孩想尿尿，他一手捧住褲襠衝進廁所。

終於男孩像他那樣，大人那樣，尿完後抖了好幾下。

客廳的角落是廚房，男孩發抖的手抽出刀架上銀色的菜刀，走到門口對傘兵靴狠狠地刺，刺到鞋面全是洞。割斷工具帶，割成一段一段，香菸掉出破裂的彈匣袋。

男孩挖出每根菸內的菸草末。

呻吟和罵聲停止了，男孩走回客廳，看見結成兩團的屁股面對洗碗槽喝可樂。屁股隨大口吞嚥而上下地抖動：

「幹，給恁爸躺好，馬上來，讓妳再爽一次。」

咕嘟咕嘟，他把整瓶應該屬於男孩的可樂喝得精光。

「不行，我不行了。」

傳來屋內媽軟弱的聲音。

他轉過身，臉上掛著得意的獰笑。

男孩指頭滴出血，握菜刀的手失去知覺。男孩喊：

「我的可樂！」

男孩用盡氣力往前衝，刀子筆直刺進男人身體內。

他舉起手要抓男孩，男孩沒有退縮，繼續用力把菜刀往前壓，甚至當他的手抓到頭髮，男孩仍未鬆手地將身體重量集中在持菜刀的手上。

血噴到臉孔，血沾滿男孩的手。

他不會再來了。

男孩在洗碗槽洗乾淨手和臉，手不再發抖，指頭不再滴血，洗過冷水澡那樣的泛白。媽忘記叫瓦斯的時候，男孩洗冷水澡，很冷，人會往內縮，可是洗過之後變得舒服，身體有種無法說明從皮膚底下泛出熱度的溫暖。

男孩掬起冷水往頭頂澆。

回到門口，臥室傳出媽媽的打鼾聲。男孩坐下穿球鞋，解開鞋帶，再重新綁緊鞋帶，投手板上藉機休息的投手那樣。他背起書包，沒對誰說再見，一步一步慢慢走出去。

其實這天開始放暑假，更明確地說，這天是男孩結束國小六年的日子，九月起升入國中，結業典禮一完跑步趕回家，倪福德上場了，兩天前倪福德被底特律老虎隊叫到一軍，剛聽說他今天上場中繼對付奧克蘭運動家隊。不幸回到家男孩沒機會看電視，他甚至忘記這件事。

沒見到倪福德在大聯盟的首次登板。

二〇〇九年六月二十九日，倪福德上場中繼一又三分之二局，對付五名打者，投出三次三振，被敲出一支全壘打。

男孩在很多年之後才在電視上看到剪輯的短片，球評的旁白沒說誰把倪福德的球打成全壘打。

1

屍體送來時，老丙正忙著對付面前的三個漢堡，解剖屍體似地，掀起蓋在上面的半層麵包，鋒利的解剖刀挑開生菜葉，嗯，一號漢堡加了很多洋蔥，呷意。二號的番茄醬看樣子來自大賣場，太過血腥。三號居然加了片厚厚、烤得略帶焦味的鳳梨，讚。

從三號吃起。

當然，躺在不遠處的屍體絕不影響他的食慾，山腳下二殯的頌經聲已經和周圍的蟬鳴、蛙叫融合成大自然的一部分，習慣了。

打個嗝，他繼續吃一號。

當醫生的當然清楚不能一口氣吃三個漢堡，不管有沒有鳳梨，不過醫生也是人，偶爾躲開老婆的監視放縱口腹之慾是種無法言喻的自由。好吧，自由必有其代價，吃完飯下山走個五千步，未必能消滅漢堡的熱量，卻絕對有安慰心理的效果。

留下二號當下午肚子餓的預備食物，怎麼看番茄醬還是太血腥。

台北市相驗暨解剖中心位於辛亥路三段，第二殯儀館上方，辛亥隧道出口處。夏天，盆地邊緣的山谷籠罩在散不去的高溫與讓衣服永遠乾不了的濕氣之中，稍稍動一動即一身汗。老丙洗了手，刷過牙，對窗外深呼吸兩口，沒有下山走路幫助消化，反而步入解剖室。

助手剛洗完屍體，雪白雪白，背心約五公分長的傷口，一看即知是利刃刺的，皮膚與肌肉往外翻，老丙想起汆燙後的豬肉。

二〇一九年六月二十九日，周六。

老丙在筆記本上寫，刻意將「周六」兩字描得如六月肥大的毛毛蟲。無法休假，大好假日陪屍體吹冷氣，刑事局急著要驗屍報告。

死者周亮武，五十四歲，致命傷口在左後胸。

刺得精準，一刀從背後穿進心臟，切斷動脈，可以想見現場的血窪必然怵目驚心。

並未立即斷氣，死前掙扎得艱辛，證據藏在他十隻指甲內，盡是泥。

鑑識中心小蘇的報告上說，死者指甲內的泥土與屍體所在處的土質相同，手腕沒有被綑綁的痕跡。現場留下塑膠拖鞋、裝了十多根茭白筍與兩包菸的環保袋、一杯封蓋豆漿、一個飯糰，再再說明他只是一如往常地出門買早餐，見到小販賣茭白筍，忍不住地買了。

茭白筍帶賽？

沒吃成茭白筍，被人從後面插進一刀，當場斃命。

老丙看了資料，警方沒找到凶器，沒有任何凶手遺留下的指紋或足以找出ＤＮＡ的毛髮，連鞋印也沒。

昨天不是下雨？泥濘的地面沒有鞋印？

電話響，揭下口罩，老丙對話筒喊：

「你們找不到證物，問我？我是微不足道的法醫，不是開封府的包公。」

接著老丙拿著話筒沉默很久。

「齊大長官，講慢點，講重點，別血壓高，萬一躺下，我拒絕驗你的屍，受不了老人臭。」

室內兩名助手聽見午後陣雨前的雷聲從話筒內打進解剖台，可能屍體也被震得動了動。

「什麼刀？格鬥刀？老齊，對不起，敬愛的副局長，我們打個賭，我說是菜刀，德國雙人牌、WMF牌那種連刀柄一體成形的不鏽鋼尖刃菜刀，我老婆成天往超市跑，買一堆廢物塞滿冰箱，說要集印花，集滿一本換一把這種菜刀——」

老丙將話筒拿得一公尺遠，直到雷聲停止。

「賭。說好，鼎泰豐的點菜單歸贏的人，帳單歸輸的人，不准賴。我的理由？傷口兩端不一樣，一邊粗糙，另一邊簡直是殺鮪魚的細刃魚刀切的，所以我判斷凶器為單刃刀，恐怕還是新刀，磨得能吹髮立斷。喂喂，不必鬥嘴鼓、比音量，我們脫下制服，拔了官階，以老百姓的身分對賭怎麼樣？」

放下話筒，老丙轉頭問兩名剛醫學院畢業的實習助理：

「你們說，傷口像格鬥刀還是菜刀？」

老丙揮動手中晶亮的解剖刀：

「刑事局新任副局長說格鬥刀有血槽，刀子容易拔出來，菜刀沒血槽，刺進人體拔不出來，你們覺得呢？」

一男一女臉孔仍嬰兒肥的法醫助理以無辜的眼神看老丙和他手中明晃晃的刀。

「屁。」老丙揮舞解剖刀，刀鋒在空中拖出連續閃亮的殘影。「刀子刻血槽純粹好看，和拔不拔得出來沒關係，你們誰要試試？」

按照新的公務人員法規，老丙已涉嫌霸凌下屬。幸好小助理沒有告他的意思，其中那位老眨眼睛的口罩女孩倒是對老丙的解剖刀有意見。

「丙老師，你的刀子。」

「怎麼樣？」

「已經污染了。」

「怎麼污染？」

「剛才你拿去切漢堡。」

老丙不相信地將解剖刀湊到眼前：

「難怪，老覺得刀子油油的。」

丙法醫原姓昺，上日下丙，光明的意思，高檢署法醫研究中心十一職等研究員，大家以訛傳訛，媒體硬生生將昺法醫的姓「斬首」為丙。台北，不，全台灣沒有甲法醫、乙法醫，天底下只有一個丙法醫。

幾個月前他自稱個性過於耿直得罪了法務部長，從中央請調地方，支援台北市相驗暨解剖中心，別人替他抱屈，老丙卻安之若素。

「高檢署法醫中心到你們台北市的解剖中心，公車十五分鐘，沒差。那裡個個長官，吃飽飯拿打官腔當口腔運動。這裡我是和解剖中心主任平大的唯二長官，連買漢堡都有小朋友跑腿，還問丙老師要不要大杯可樂，多好。山中無歲月——下一句是什麼？」

「猴子當大王？」

對，也是女助理接的話，她口罩上面是雙圓滾滾、與大腦連動的眼珠。

「猴子？嘿，小美同學，拐彎抹角罵我？罵得好，可惜答錯，我問的不是山中無老虎，問的是山中無歲月，下一句是寒盡不知年哪。意思是啊，我到你們解剖中心，躲在山裡面，不在乎市區裡管他幾線幾星的長官了。」

丙法醫的驗屍有一定程序，事前三炷香，拜天拜地拜死者，初二、十六絕不忘記豆沙包加養樂多的供品拜土地公。任何人涉嫌拋以懷疑的目光，他馬上正義凜然地解釋：

「少年仔，禮多神不怪，有拜有保庇，沒聽過？」

有人聽過他上香時輕聲念的祝詞，好像是：

兄弟姐妹、大爺阿嬤，我這刀下去，割斷你們今生，快快樂樂去迎接來世，阿彌陀佛。

刑事局新任副局長齊富持不同看法：

「上日下丙的老昺？膽小鬼！他說的是：『過往神明、不散陰魂，為找出殺害你的凶手，我不得不下刀，可人絕非我殺的，敬請明察，別半夜找我索魂，老人家到時挫賽挫尿，你們負責洗床單。』」

哪一說法正確？無人能證實。

相隔六天後，七月五日，台北市解剖中心再收到一具顯然被謀殺的屍體，而且屍體由大隊人馬護送而來。

事前未收到任何通知，全副武裝的內政部保安警察轄下精英的霹靂中隊由防彈盾牌掩護，十幾把各式長短槍衝進解剖中心，槍口一致對準站在門口呼吸新鮮空氣並連抽兩根滿滿尼古丁與焦油香菸的丙法醫。

老丙並未被嚇著，倒是不太高興，他五根指頭梳理想像中二十年前的頭髮：

「你們齊老大又搞什麼把戲？」

看過識別證，確定眼前的人是法醫，霹靂中隊以使用免洗筷的態度，用完即丟地扔下他，快步挺進大樓，搜索半個小時後銬了嫌犯，全員回到門口集合，解剖室被黃色封鎖線圍住，誰也不准進入。

「你們抓我助理幹麼？」

「重要嫌犯。」

「什麼案子的嫌犯？」

「她襲警。」

老丙走到恐怕才離開醫學院不到兩年的女助理面前，向口罩上方的兩顆大眼珠問訊：

「妳襲警？」

「誰叫他們進解剖室不戴手套。」

靠，這個助理好，堅持解剖室不受污染的原則，不畏強權。

「妳怎麼襲警？」

「她踹警員褲襠。」不知哪名霹靂小組成員搶先說。

「小美同學，踹到沒有？」

「丙主任，我叫丁梅。」

「小美、小梅差不多。」

老丙轉身：

「抓法醫助理，封我解剖室？誰的主意？」

「凶嫌可能在裡面。」另一個聲音回答。

「凶嫌？我這裡有的是屍體，唯獨沒凶嫌。」老丙拉下臉了。

黑頭警車開入，戴黑毛線帽遮住臉孔的霹靂小組帶隊警官向下車的長官齊富請示：

「報告副局長，查無可疑人士，請示屍體送哪裡？」

「送丙法醫辦公室——不然你們想送廚房？他媽的腦神經打結？」

齊富見過女助理小梅。

「你們抓丙法醫可愛的助理做什麼？活得不耐煩？丙法醫要是沒她，沒人管吃管喝三天就餓死。快放人。」

大隊人馬跟在女助理身後，拆掉解剖室封鎖條，新來的屍體送至冷冰冰的不鏽鋼解剖台，齊富向仍站在大樓外的丙法醫招手：

「老丙，公事，別生悶氣。」

「刑事局的官大派頭大，把台北市解剖中心當訓練場，這麼多自動步槍，殺死幾隻蟑螂、老鼠？要不要我一一解剖、驗屍？」

「隊長出列。」齊富喊。

取下面罩的霹靂中隊隊長手持T91自動步槍跑步至齊富面前，腳跟靠攏敬禮。

「報告長官，林飛揚報到。」

「林隊長，」齊富緩下口氣，「行前任務我怎麼交代的？包圍現場，包圍，沒叫你進去搜索。」

「是。」

「我還交代，遇到穿手術衣，白袍上沾滿番茄醬和油漬的法醫，立刻向他說明任務，免得搞得老人家不高興，萬一血壓高什麼的，以後屍體沒人檢驗，我們負不了責任。」

齊富推老丙向前。

「大家注意看，這位就是經常上電視分析屍體腿毛和屌毛差別的大名鼎鼎丙法醫，行動前為什麼不向他報告？」

不等林飛揚解釋，齊富抹抹他銀色閃著陽光的平頭：

「向丙法醫道歉。」

「報告丙法醫，林飛揚向你道歉。」

「好了。」齊富擺手的同時，另一手摟住老丙肩膀，「丙法醫一向仁心仁術，大人不計小人過，繼續包圍現場。」

老丙可能想抗議，沒來得及開口，齊富拉他進大樓。

「這麼多年的交情和我計較雞毛蒜皮的事犯得著嗎？新狀況，頗棘手。上回送來的屍體，周什麼的，還在？」

「在，幹麼？」

「我們去看看。」

繃緊臉孔的小梅拉開冷凍庫，凍得略發青的屍體攤在齊富面前，看得出即使戴口罩，他貼近看屍體的模樣足以讓人誤會要做口對口急救。

「是他？」齊富轉頭看屍體腳趾上的「周亮武」名牌。

「是他。」

「沒掉包？」

「沒。」

「送來幾天？」

「幾天？」

「第六天。」小梅回答。

「驗完屍了？」

「驗完。」

「死因？」

「從背心一刀刺進心臟，當場停止呼吸。」

「沒重大疾病？」

「死者生前沒動過手術，體內無腫瘤。」

「意思是身體不錯，要不是被人刺一刀，能活到九十歲？」

「他活不活得到九十歲，和本解剖中心無關。」

「既然身體好，會不會因為什麼閃電打到、地震搖到地恢復心跳？」

「不會。」

「確定？」

「他先挨了致命一刀，再挨了我解剖的幾刀，關進冰櫃凍了六天，《我是傳奇》的威爾・史密斯來，也沒法叫他起床尿尿。確定。」

「人呀，生前被砍一次，死後再被陌生人東戳一刀、西割一刀，曉得我怎麼稱呼這樣的死法？」

「不想曉得。」

「雙重謀殺。好好的人，挨凶手一刀已經夠晦氣，再被不知什麼人補幾刀，倒楣到鵝鑾鼻，是不是？」

「不知什麼人？哼哼。」

「我說的是事實。」

「你三線三星的大官，你說了算。」

齊富朝外喊：

「新的屍體呢？」

話沒落定，所有人同時轉移視線到剛躺上解剖台的屍體，從外表看，年紀不大，男性，頭髮與體毛濃密。

「又是謀殺案？」老丙看屍體一眼。

「對。」

「他老爸總統，老媽金控董事長，老舅將軍，老妹電影明星？非搞這麼大排場淨空解剖中心地歡迎他？」

「不，死人不分貴賤。死因據我們初步觀察，一刀斃命。」

「你們刑事局個個都有法醫執照？輕率下斷語，真是的。確定他被刀子砍死？」

「刀子是——是ＷＭＦ牌不鏽鋼菜刀。」

老丙兩眼一亮。

「ＷＭＦ？這麼說我賭贏了，鼎泰豐隨我吃。凶刀呢？」

「在刑事局，證物。」

「我得看看凶器。」

「老丙，事情真的蹊蹺。」

「說。」

他指新送來的屍體：

「我們到命案現場勘驗，凶刀還插在死者胸口。」

「ＷＭＦ牌菜刀。」

「刀柄驗出指紋。」

齊富這回臉貼到老丙鼻子前說話：

「猜猜凶嫌是誰？」

「不想猜，反正不是我。」

「彆扭，好好的醫生，怎麼當了法醫彆扭得像口香糖。」

「說不說隨你。」

「凶器上的指紋比對出是周亮武，你冰櫃裡那具屍體的周亮武。」

他們喝小梅助理沖的三合一咖啡，霹靂中隊列隊登上警備車撤退。

「意思是被一刀殺死的周亮武，送來我這兒驗屍，鎖進冰櫃的六天之中，他還魂地逃離解剖中心，進百貨公司挑殺死自己的ＷＭＦ牌菜刀，刷信用卡買了，想試試菜刀鋒不鋒利，一刀戳進這個新來的年輕人——叫什麼名字？」

「吳建弘。」

「拿ＷＭＦ牌菜刀殺吳建弘，再回解剖中心睡進冰櫃，假裝沒這回事，台北市解剖中心全體員工成了他不在場的證明。」

「意思差不多，糾正一點，吳建弘死在ＷＭＦ菜刀，周亮武被什麼刀殺的，還沒查清楚。既然查出殺吳建弘凶刀上的指紋，我們追捕凶手，理所當然追到你們解剖中心。」

「然後找到冷凍櫃裡凍得比鋼筋還硬的凶手，宣佈破案？」

「媽的冰櫃裡的死人殺人，怎麼破案？」

「有凶手的指紋，有凶刀，當然破案。」

「看看你，彆扭得像嚼了一星期的口香糖。記什麼仇，幾歲的人了。好吧，我向小梅道歉。小梅，讓妳吐口水，相賭。」

小梅一手牢牢按住口罩，她捨不得口水。

「副局長大人，死人殺死人，這樁案子有趣，屍體進冰櫃凍六天，請檢查，手指不會出油，僵硬得不可能握刀，怎麼可能在WMF牌菜刀的刀柄留下指紋？」

「說不定死人復活，筋骨比充氣娃娃還柔軟？」

「長官，大前提錯誤，人死不會復活，如果復活，叫做活死人、殭屍、鬼附身，不歸刑事局管，歸城隍爺管。」

一陣冷風刮過齊富的平頭，一長排舊式日光燈管忽明忽暗。

「不會吧。」

「疑神疑鬼。解剖中心新加一具耗電的手術燈，電工還沒調整電壓，常這樣。」

解剖台傳來輕微的金屬撞擊聲。

「媽的。」

「免驚，可能周亮武的屍體拖出來太久，有些地方開始融解。」老丙叫小梅：「推進冰櫃，兩具都推進去。」

不能小看年輕的美眉，她練過，兩掌十指交扣，卡卡卡的關節運動聲，兩下深蹲，就差沒發出打跆拳道的赫赫吐氣聲，左腿一記迴旋踢，周亮武被踹進冰櫃。

「老丙，你助理表達對刑警不滿的方法很特別，她不會欺負刑事局關節退化、白內障嚴重的老人吧？」

「手銬。」丙法醫伸出手。

「要我手銬做什麼？」

老丙不客氣地動手解下齊富腰間手銬走到冰櫃前，硬生生將第二具屍體銬在鋼管把手。

「這樣，」他拍拍手掌上虛構的灰沙，「要是新來的屍體再發生殺人的事，副局長，只有你有手銬的鑰匙，別想賴我們解剖中心。」

他自言自語地念：

「什麼死人復活，警政署還升這種人當刑事局副局長。」

齊富不是很高興，但沒回嘴，上半身左轉右轉，好像長了跳蚤。

與跳蚤無關，當刑警幾十年，手銬天天掛在腰間，如今少了這樣東西，會影響他們走路的平衡。

「我們非得窩在解剖室裡面喝咖啡？」

「大熱天，解剖室冷氣強，最涼快。」

「為了涼快？老丙，不瞞你說，搞鑑識的小朋友比對出指紋的時候，我心裡直發毛，凶器上的指紋怎麼可能和你這裡的死人一樣？叫他們重新比對，電腦差點被操爆，最後一致確定殺吳建弘的刀柄上，留下死透透的周亮武指紋。」

老丙看齊富，齊富看老丙。

「大概得燒幾炷香請示神明，他們是不是放周亮武陰魂幾個小時的假，由他出去殺人？」

「問神？老丙，讓我想到一個人。」

「巧，我也想到一個人。」

齊富一拍大腿地起身：

「我們把小蟲找來，你確定他的乩童本事還管用？」

「去年受邀到他台南的爸媽家吃飯，也去他當乩童的宮廟參觀。當過乩童假不了，本事怎樣，對不起，我沒念過宗教研究所，無法判斷。」

「乩童有沒有陰陽眼？」

「找他來，你自己問。」

「他來了，萬一看到什麼，不是挺嚇人的，到時你還敢上班？」

冰櫃前的小梅助理眼珠子朝室內各個角落轉，想請病假的表情。

「小梅，結婚沒？我們的小蟲不錯喔，高，帥，給他幾百年時間說不定也能富。阿伯我告訴妳一個祕密，他小時候當過乩童，吸引妳這種高學歷、智慧、知性的女生吧。」

眼珠子瞪向齊富，不轉了，依稀能感受其中傳達的不齒、不屑與不想回答。

「副局長說的小蟲是羅蟄警官，人不錯，從小由溫府千歲照顧長大，長得幾分神似金城武，要是我有女兒，哎，要是我有女兒。」

「來不及生女兒了。小蟲的本事真行？捻豆成兵，念咒請神明下凡喝下午茶？」

「和他待在宮廟一整晚，你不曉得黑白無常的袍子被風吹得刮刮響，屋梁上清朝的匾額沒來由地吱吱響。我一個人睡在後面的小房間，整個晚上黑影不停經過窗前，大熱天沒冷氣，我連窗也不敢開。睡一半被搖醒，耳邊有個聲音說：丙先生，你睡了我的床了。」

「別說了，老丙，你看，被你說得我手臂上起雞皮疙瘩。」齊富捲起左手衣袖。

「不是雞皮疙瘩，」老丙看也不看即做結論：「是老人斑。」

2

羅蟄領隊衝進民宅二樓神壇，一名女子坐在中央的圓板凳，兩眼以黑布蒙住，黑布內各一張黃紙符咒，牢牢貼住女子眼皮。

神案上供的是元神，羅蟄怎麼也不記得道教裡有這麼一位神明，也許他才疏學淺，不過按照平板上的資料與照片，確定供奉元神、道士打扮、人稱「侯仙人」的是通緝中的詐騙前科犯侯文秉。

根據《都市計畫法施行細則》，宮廟設置必須符合獨棟、獨立使用、具宗教外觀等三項要件，這座神壇顯然一項也不符，不過如何認定與取締非法宮廟屬於內政部業務，除非內政部要求支援，警方不會介入，這次不同，民眾檢舉侯文秉詐欺。

現場證人趙小姐陳述，經友人介紹，透過侯仙人的法術能見到未來，她覺得好玩而加入，經蒙眼施法後，有如進入夢境，見到飄浮不定的人影、朦朧的山水，耳邊聽到不容易分辨的某種腔調指點她即將面對的人生難題。

「指點人生？」

「我最近遇到一點……要看心理醫生的問題。」

「夢裡的聲音要妳匯十萬元進侯文秉的帳戶？」

「沒有，侯仙人要我匯的。夢裡聲音講得不是很清楚，我想再求元神指點一次，侯仙人說為神明打塊金牌，表示誠意。」

「十萬元代表誠意，妳匯了？」

「我匯了，侯仙人幫我再施一次法。」

「這次見到什麼，聽到什麼？」

「上次一樣的地方，看到的人影比較清楚，聲音問我是誰，我還沒說，你們就來了。」

「十萬？」

「是。」

羅蟄將平板螢幕轉向對方。

「這個帳戶？」

「對，我記得後面四個零。」

「妳要告侯文秉詐欺嗎？」

女人約四十歲，穿整齊的深藍套裝，裡面白襯衫，領口打個下垂的大蝴蝶結，隔一張桌子的距離仍能聞到她臉上猜測一盒價值幾千元的名牌脂粉味道。檔案顯示她工作於保險公司，未婚。

從坐進偵訊室，她一直撕指甲周圍的皮，撕得見血。

「警官，侯仙人真的是騙子？」

「有人檢舉，經過我們調查、與信徒面談，告他的人增加到十一位，被騙最多的一位是一百二十萬。」

「這麼多？」

「妳問什麼？事業、婚姻？」

女人不好意思地低下頭。羅蟄遞衛生紙過去，她剛摳掉拇指旁的一大塊皮，冒出黃豆大小的血粒。

「元神指點妳的感情了？」

「女人都問感情。」

女人的聲音變得很小。

「上次神明說三個月內，對方是醫生。」

本來想問哪一科的醫生，精神科的？即時剎車沒問，不該開受害人的玩笑。本來想說感情問題該拜月下老人，拜不知哪裡來的元神沒用。本來想告訴女人，他做乩童到十七歲，略能通靈，闖進元神宮時，感覺和進中正紀念堂、國父紀念館差不多，他什麼也沒感應到。

他沒對女人說：元神宮內沒有神明。

不過羅蟄沒機會偵訊侯文秉，台北市警局刑警大隊來了兩名警官，當場帶走侯文秉。

認得領頭的二線二星警務員飛鳥，她穿從頭到腳藏青色專業戰術服與高筒警靴，不客氣地對羅蟄說：

「學長，人我帶走，刑警大隊的職責範圍，你如果有意見，找我們隊長。」

她憑什麼帶走侯文秉？

「兩名婦女失蹤，都參加過侯嫌的觀落陰。」

案子是防治科羅蟄的。

「綁架勒索案，屬於重大刑事案件，我們優先，學長，你了解。」

當場羅蟄不好翻臉，看著小個子卻動作利索的飛鳥將侯文秉架走。

懷疑議員或地方人士關說，將侯文秉以別的涉案罪名帶至另一單位，口供一改，詐騙案說不定大事化小地變成「違規變更建築物使用用途或搭蓋違建」，罰款、拆神壇而已。

「兩名失蹤婦女?我怎麼不知道？」追上去問。

飛鳥撩一下帽簷下的瀏海：

「有空請留意市警局的通報，」她不耐煩地說：「好嗎？」

飛鳥本名鹿翠蘭，警大受訓時，她術科的長跑、射擊均第一名，學科照樣第一，空中機動攀降更令當時在場的各級長官讚不絕口。

上次和她見面是七個月前市警局的會議，羅蟄喊鹿翠蘭，沒想到遭糾正：

「小蟲學長，你可以叫小蟲，我可以叫飛鳥，卑南族發音ayam，以後請別再叫我鹿翠蘭。」
「發生什麼事？」
「沒發生什麼事，不喜歡鹿翠蘭三個字的漢名，聽起來像上個世紀的女人。」
「ayam，飛鳥，酷。」
「我卑南族的本名，酷什麼酷。」
應酬話，被打槍，好心給雷親。從此羅蟄對飛鳥保持安全距離。
「侯文秉是我逮捕的，現行詐欺犯。」
「夠了沒？詐欺案重要還是失蹤案、勒索案、殺人案？小蟲學長請回去拜你的溫府千歲，我們這裡講究科學辦案，用不上乩童。讓路！」
她不怕得罪神明，半夜得帶狀疱疹？
侯文秉被押上台北市警局的警車，羅蟄想追去，手機卻響：
「專案小組成立，請立即報到。」
「什麼專案小組？」
「最高機密等級，我們不知道。」勤務中心缺少魅力的女聲：「還有，丙法醫說你去請務必帶麵包。重覆，叫小蟲帶麵包來，沒有麵包不准進門。」
奉獻麵包，很天主教。
飛鳥上了各大媒體的鏡頭，十多名維安特勤隊槍手牢牢控制凶嫌住處，北新莊山區一棟破舊別墅。泥濘路面擠滿採訪車與警車，警帽的鴨舌遮住飛鳥半張臉，她兩手背腰後，兩腿分開，標準的稍息姿勢，以不急不徐的口氣對十多支麥克風說：

「已確定兩名失蹤女性在屋內，目前警方試圖勸說詐欺犯侯文秉的手下主動釋放人質，請媒體朋友退到封鎖線後方，以免干擾警方辦案。」

警方長期挨媒體修理，為提昇形象、改善警民關係，訂下新的規定：上電視新聞記嘉獎一次，最高紀錄是高雄仁武分局鳥松分駐所某位女警保持的一年八百四十四次嘉獎，平均一天兩次多，她可能根本住在電視台。看樣子飛鳥為了嘉獎，不甘落於人後。

這次飛鳥可能不只記嘉獎，記功也不為過。她率隊直撲別墅，兩個標準姿勢地滾進，手中的槍已伸進少了玻璃的窗戶。她喊：

「警察，丟出武器。」

是啊，羅蟄以為綁匪的火力就算比不上塔利班，至少不輸陳進興犯罪集團，媒體拍了綁匪的武器，一把不知哪間宮廟擺了幾十年拔不出刀鞘早生鏽的除妖七星劍。

警員有必要秀做得比豬哥亮還大嗎？

3

「喔，小蟲警官，終於有空？直屬警政署的刑事局成立專案小組，不想參加？台北市警局涼快，三節發獎金，一年放他媽的三百六十天假？」齊富的口氣有點酸卻又不那麼酸。

「請坐，要茶要咖啡？」齊富看起來像笑，感覺上不像笑地說。

「要茶自己泡，要咖啡，諾，那裡有丙法醫去年中秋節送來的三合一，應該還沒發霉。」齊老大蹺在桌面上的腳左右搖擺。

「叫你立刻向專案小組報到，您羅大警官故意去哪裡曬太陽把妹？屏東？澎湖？他媽的火星？」齊富開始提高音量，口水噴向四面八方。

「不能丟下處理一半的案子。」

「我正要說，黃瓜白菜的神棍詐財案，值得和小學妹飛鳥鬧脾氣？面對鏡頭，你的台灣國語說得清嗎？看我們小飛鳥出鋒頭，心生嫉妒？幾歲的男人，芝麻綠豆的肚量，丟人！」

羅蟄一直站在門口，站得比旗桿更直，屁股上提，擺出入伍生的敬禮姿勢。他明白打雷後必下雨的大自然規律，幸好齊老大中午沒吃大蒜。

蒜味的口水的驚悚度超過酸雨。

第一具屍體周亮武，五十三歲，Uber司機，死在平溪山中，一刀從背心刺入，現場找不到凶器和任何線索，有如凶手跑步經過發覺怎麼把老婆的菜刀當成水壺帶出來，帶菜刀跑步挺累，恰好見到路邊有棵蘿蔔，順便將刀插進出門買早餐的周亮武背心，沒停留地繼續往前跑。

第二具屍體吳建弘，二十四歲，台北科技大學資訊工程碩士班，在安東街與同學分租迷你公寓，死於該校活動中心地下室男廁所，一刀從前胸刺入，有如凶手進廁所和正要出來的人面對面，凶手不喜歡人家擋他的路，直截了當抽出刀戳進吳建弘身體。

凶器的菜刀仍留在死者胸口，德國製ＷＭＦ牌一體成形純鋼尖刃主廚刀，網路折扣價七千三百八十元，刀柄指紋是周亮武的。

尚未查明兩名死者生前是否認識，刑事局決定合併偵辦的原因在於凶器和周亮武留於凶器的指紋。

「從疑似隨機殺人案變成連續殺人案。」

「警告小蟲，台灣治安一向良好，從沒發生過連續殺人案，別誣陷台灣。」

「有一樁接近，二〇一五年五月，北投八歲女童被人以水果刀刺進喉嚨慘死，三天後另一名男童差點死在同一把刀下。」

「不算，只殺一人，幸虧台灣警方英明睿智地迅速破案，不然，依凶手精神的不穩定，是可能再殺其他人。」

「不是警方偵破，是男童跑了，凶手害怕而主動打電話投案。」

「哦，凶手有病啊，殺人以後打電話投案以為可以騙到減刑？不管怎樣，不連續，小蟲，你警大畢業的，殺幾人算連續殺人案？」

「美國ＦＢＩ認定三人以上。」

「我們現在手上有幾具屍體？」

「兩具。」

「就是嘛，兩具，沒達到ＦＢＩ的標準。出去別對媒體亂講，萬一新聞搞大，弄來美國啦、日本的記者採訪，你了解長官最恨壞事上國際媒體。」

羅蟄覺得兩名死者必有交集，看樣子得先徹查他們生前的交友狀況。

「殺人手法相同，兩具屍體都死在同一種刀下。」羅蟄認真地說。

「拿刀殺人叫手法相同？那所有被刀殺的都是連續殺人狂幹的？荒唐。」

「死在同一類型菜刀的機率很低。」

「不低，不信你去問老丙，他老婆愛收集什麼亂七八糟印花換德國的菜刀，而且聽說這種老婆還不少，萬一她們不高興地網路串連中秋殺韃子，死一缸子老公，凶器同一牌子的菜刀，你怎麼說？」

羅蟄不想跟齊老大抬槓，抬不贏，他的官大。

「你再說啊。」

「ＦＢＩ說連續殺人凶手幾個特徵，殺人模式相同、殺人動機相同，並且有冷卻期，就是殺了人，他的壓力得到釋放，隔一陣子才又有殺人欲望。」

「一陣子是多久？」

羅蟄本來想繼續認真回答，但他醒悟，齊富不是和他討論凶案，是焦慮、煩躁導致無目的地胡扯。

「報告副局長，你贏，不是連續殺人案。」

「哎，小蟲，做人要有原則，不可以馬上投降。」

難侍候的長官，幸好電話響。

「新狀況，走。」

齊老大放下手機，抓起警槍往外走，羅蟄趕緊跟上。

「去哪裡？」

「看老丙。」

「丙法醫驗屍有新發現？」

「和驗屍無關，和屍體有關。」

桃園機場捷運A7站出口的新建公寓空屋內，兩具屍體，一男一女，桃園市警方呈報刑事局，凶器關係，立即送台北市相驗暨解剖中心集中處理。

男子張傑瑞，二十七歲，已婚，與太太住新竹。女子李蘋蘋，二十五歲，未婚，住桃園市的龜山。

兩張不鏽鋼解剖台，各躺著洗乾淨、膚色慘白如石膏的屍體。男的肚子太大，女的太瘦。

刑事局鑑識中心的小蘇守在門口，手中提透明、塑膠材質的證物袋，裡面是柄熟悉的ＷＭＦ牌菜刀。

「說。」

「是。」

小蘇舉起證物袋：

「凶器是這個。」

「刀柄有指紋？」

「是。」

「指紋是躺在冷凍箱內吳建弘的？」

「是。」

「所以存放在咱們偉大丙法醫這裡的屍體，又跑出去殺人了。老丙，是這樣沒錯吧？」

「重要嫌疑人是刑事局副局長齊富大人，你的手銬在凶手右手腕上面。」

助理小梅拉出掛吳建弘名牌的屍體，一隻粉白的手臂仍堅實地銬在屍櫃的把手上。

「不是我說你，老丙，做人做到防朋友、防老朋友的地步，何苦呢，被下放到殯儀館也不必這樣。手銬消消毒還我。」

老丙難得地換上雪白且漿得如木板的手術袍，戴口罩、護目鏡，右手解剖刀，左手電筒仍專注在女性屍體的傷口。

「老丙，怎樣，確定是德國菜刀刺的傷口？」

老丙手中冰涼的解剖刀伸到齊富面前，凍住即將出口的下一句三字經。

「我的地盤，你刑事局少干擾我工作。」

小蘇適時插進報告：

「張傑瑞胸口被刺一刀喪命，女性死者李蘋蘋背心中刀，和前兩名死者被殺害的手法相同。」

「不能說手法相同，小蘇，我們刑警，不能學電視名嘴先說先贏，疑似，疑似手法相同。現場圖呢？」

「已經傳到老大手機。」

老丙看屍體，齊富看手機，小蘇看長官表情變化，羅蟄看兩名屍體腳趾頭上繫著的名牌。人出生的時候，醫院會在肥嘟嘟的小手腕綁名牌，免得嬰兒房內的初生嬰兒太多而搞混；人死了，改成腳趾頭繫名牌，免得見閻王爺張三變成李四，所以人的存在意義，從最初到最後，無非是張名牌？

「謝謝你買的麵包，我這兒糧食短缺，不過下次記得麵包還是要紅豆餡的。」

老丙打斷羅蟄的胡思亂想。

「齊老大急叩，一時忘記，下回一定。」

「小蟲，你看，這裡壁癌的牆、掉漆的屋頂、直升機引擎聲量的冷氣、用了幾百年的電鍋和微波爐，我被打入辛亥隧道口的冷宮，猜猜這裡什麼最多？」

「辛亥隧道，鬼囉。」

「最近的麵包店得騎腳踏車三十分鐘到復興南路，最近的餐廳得騎腳踏車二十八分鐘到基隆路、羅斯福路口的公館。這裡餓鬼最多，冷宮，懂嗎？」

羅蟄還沒回答，齊富的視線離開手機螢幕：

「不就是個紅豆麵包，被你講成深宮怨婦，老丙，做人得有起碼的志氣，政府不少你薪水，非扮成乞丐德性不可？真是的。」

「你調來這裡試試看。」

「想不透，好好一個醫學院畢業的高材生，來二殯工作幾個月，變成催命鬼！說，發現什麼？」

「男的，一刀插進胸口，大約二十公分深，切斷大動脈，凶手很用力，用章回小說的說法，刀刃盡沒，被害人當場死亡，噴出的血很多。」

「是，」小蘇舉起手機，「這是現場照片，噴得到處都是。」

「很好，」齊富眼神如菜刀般地瞄一眼一再插嘴的小蘇，「凶手認識死者，非致他於死地不可，殺得毫不手軟。」

「女性被害人，背心中刀，一刀，由上而下刺進心臟，要了女人的命，刀子留在屍體上。」

「是，」小蘇再補充，「刀柄的指紋經鑑識中心比對，確是吳建弘的，局長下令全案交給副局長指揮的ＷＭＦ菜刀連續殺人謀殺案專案小組集中偵辦。」

「ＷＭＦ菜刀連續殺人謀殺案專案小組？」羅蟄的口氣驚嘆。

「局長性子真急，本來叫菜刀雙屍命案專案小組，死四個人，拉長成ＷＭＦ菜刀連續殺人謀殺案專案小組。小蟲，你剛才說殺幾個人才算連續？」

「三人。」

「ＷＭＦ菜刀連續殺人謀殺案專案小組，十三個國字加三個英文字母，落落長，」齊富假裝沒聽到羅蟄的回答，「小蘇，想法子濃縮，最好縮成三個字。」

「ＷＭＦ。」小蘇馬上回答。

「媽的，替菜刀公司打廣告。對，記者知道沒？」

「網路上有了。」

「他們怎麼說？」

「活死人連續殺人命案。」

「還是挺長，根本像美劇的名字，沒創意。」

老丙取下口罩、放下解剖刀、脫下手套打算去水槽洗手。

「等等，老丙，你有話沒說，說。」

「需要幾分鐘思考。」老丙開水龍頭，手慢慢搓肥皂。

「你老法醫，經驗豐富，不用思考。」

老丙開始洗釋迦似地洗手，怕把釋迦洗爛。

「這裡忙完，我設法動用刑事局有限的交際費保證請你大吃一頓，行吧？」

「老齊呀，我不是非占你便宜不可，而是，」他轉頭朝齊富嘆口氣，「老刑警，都升副局長，滿口胡說八道。找不出線索，心虛，難道還沒看出門道？什麼事都要我苦命的法醫說十七、八遍？」

「說，我看漏哪裡？」

老丙抓來椅子。

「坐下，喘口氣，血糖高，血壓高的老先生，屁眼插根沖天炮，真以為自己是雷公？靜下心好好想。」

齊富不甘心地坐下。

「我坐下，我喘了氣，你說。」

「就專業法醫的觀察，一、凶手擅長用刀，下手精確、狠毒。練過身體練過刀，一刀直入心臟。」

「廢話。」

「二、為什麼是菜刀？以前見過菜刀砍的屍體，小流氓街頭打架，拿菜刀砍，不是刺。ＷＭＦ尖刃刀適合刺，你們刑警該想想，凶手選擇殺人凶器，外面賣的刀起碼五百種，為什麼特別選中這個牌子的菜刀？四具屍體都一刀斃命，恐怕拿菜刀苦練刺枕頭多年練成了這套武林罕見的絕招。」

「喔，凶器必有其存在的原因。」

「同意我的說法吧。三、刺進一刀，絕不補第二刀，根本專業殺手，刑事局的重刑犯管制名單我見過，這麼專業殺人的凶手一定有前科，回去進你們大數據庫敲敲以前的菜刀殺人案例。找凶手，沒太不得了的學問。」

「小蟲，聽到丙法醫的吩咐，拿筆記下，你們這些年輕人，真是的。」

齊富一不爽，照例找部下發洩壓抑的憤怒。

「昨天日報上說凶手隨機殺人，若是和美國一樣，自動步槍亂掃，我同意是隨機殺人，這位菜刀殺手練了幾年菜刀，就為上街亂刺人？不通。台灣法令嚴格禁止買賣槍枝，為什麼黑道照樣人手一把槍？別皺眉頭，我僅陳述台灣人人皆知事實。他可以隨便找個檳榔攤買把從菲律賓走私來的槍擠進捷運殺個痛快，偏不，他選了菜刀。老齊，凶手殺的每個人，包括那名女的，刺的位置拿捏精準，一刀斃命，你告訴我怎麼個隨機殺人法。」

「意思是凶手挑好對象再殺，意思他和死者、死者和死者之間可能有關係？」

「意思呀，我不是刑警，提供法醫的檢驗心得與多年經驗的建議而已。」

「小蟲，老丙要我冷靜，你說。」

羅蟄剛加入專案小組，只知道李蘋蘋是售屋小姐，死時穿套裝制服，命案發生前領另一死者張傑瑞看房子，凶手闖入，殺了張傑瑞，李蘋蘋想逃，背心也中一刀。

說什麼？說凶手早看中這間房，非買到手不可地殺了售屋小姐和可能買家，排除競爭？

老丙鬆開臉頰肌肉，笑瞇瞇看羅蟄。

「小蟲，你說，儘量說。」

「我剛來而已。」

「這間解剖室，十來坪大，四具剛死沒多久的屍體，你說說，看到什麼？」

一年前羅蟄奉齊富之命，旁觀林宅三屍命案凶手朱俊仁的死刑執行過程，第一個發現朱俊仁其實未被法警槍手打死的是他。當時他對丙法醫說，沒見到現場有飄的、蕩的，而懷疑朱俊仁未死，老丙從此信服羅蟄的通靈能力。

「什麼也沒看到。」

「你們乩童不是能看到靈魂什麼的？」

羅蟄討厭因為小時候當過乩童，老被其他人認為看得到鬼。

「丙法醫，沒看到欸，我猜太久沒當乩童，神明走了，我通不了靈。」

老丙仍不甘心，齊富制止。

「我們刑警正大光明，你醫生，搞科學的，怎麼老迷信通靈。」

「老齊，小蟲不是正常刑警。」

是不正常刑警？羅蟄沒抗議。

其實羅蟄看到四股淡淡的煙，繞著吊在天花板的手術燈繞呀繞，他決定不說的好，萬一老丙和他助理嚇得不敢再進解剖室，消息傳到媒體，麥克風和鏡頭成天追乩童警官不放，人生可能因此這樣毀得屍骨無存。

四股淺灰，沒有形體的煙，彷彿許多人緊閉門窗在手術燈下抽菸打麻將，散不掉的煙。

「兩位長官，要是擔心解剖室不乾淨，改天我請道士念經安撫死者的靈魂。」

「多事，刑事局沒這種預算。」齊富說。

「好，快點請道士。」丙法醫同時說。

4

觀光客很少在意平溪小鎮的老街，他們熱衷於擠在平溪支線鐵道上放天燈。羅蟄騎的警用機車快沒油，總算穿過山區進入平溪街道。

分駐所內除了門口執班警員外，沒見到其他人。警員瞄了羅蟄的證件一眼，用下巴指示方向。

所長室內一名穿制服長褲配優衣庫灰背心的大漢也用下巴指示羅蟄坐下。很難找得到這麼乾淨的辦公室，一張桌子，兩把椅子，牆上沒掛任何錦旗、獎狀，連警政署長的玉照也沒。

蟑螂找不到藏身之處。

坐在桌後椅子內的人對羅蟄的出現，不提供任何表情，甚至未起身握手以示迎接地繼續看掌中的手機。可以把他當作室內的另一把椅子。依體型來看，蟑螂不可能接近，否則死得很難看。

室內沉默的時間足以讓羅蟄想像灰背心刮鬍子、剪頭髮後的真正模樣，不過對方顯然不在意他邋遢的外表能不能贏得考績。

手機並未與外太空交換訊息，單純的遊戲，幸好灰背心不是電競高手，羅蟄聽到手機內尖銳的撞車聲，而後有人關心他了。

「從台北來？」

「是。」

他倒出一杯半熱不涼的茶往桌面一撳。

「不哈啦，你，小蟲，啥事？」

「是，學長。」

「為了周亮武。」

「是。」

他將檔案夾朝羅蟄面前扔。

「都在裡面，從生到死，用你乩童的語言講，閻羅王的生死簿。」

「有些細節想請教。」

「這裡新北市，你台北市。」

「是，可是另一具屍體出現在台北市。」

「所以算你們的案子？怎麼，台北的那具長得比較古錐？」

羅蟄一時不知該怎麼回答，對方似乎也不在乎羅蟄回不回答，直接拿起小茶壺往口裡倒。

天氣太熱，火氣都大。

「想見見現場，見見周亮武的家人。」

沒有回答，對方窩進椅子內，眼皮似閉不閉。

「請問有同事能陪我去嗎？」

「分駐所的同事和消防隊上山滅火。」

「天燈又引起火災？」

依然沒有回答。

分駐所內未開冷氣，不知冷氣機壞了或是電費預算被市議會砍了。

平溪窩在山裡，一旦不開冷氣，非打開窗戶透風，即使不怕蒼蠅的吵，不能不怕蚊子的狠。羅蟄趕走一隻黑蚊子，猶豫該再開口還是等對方開口？

「隨機殺人？」

看樣子他清楚第二具屍體的死法。

「目前無法判斷。」

他打了個大呵欠，羅蟄見到他下排後面缺了一顆臼齒。

「凶器是菜刀？」

再見到長年抽菸又不肯用健保去洗牙的檳榔痕跡。

「是。」

伸伸懶腰，他無預警地跳起身抓下衣架上的制服上衣。

「走。」

兩輛機車一前一後往山區前進。

平溪分駐所隸屬新北市警察局轄下的瑞芳分局，被視為觀光派出所之一，近十年來從未發生命案，畢竟每月觀光客的人數是當地居民的一千倍，賺錢來不及，沒理由動殺人的念頭。

分駐所的所長一般由三十歲上下的未來之星警官擔任，平溪目前暫時出缺，新北市警局派督察石天華代理，他有四十了吧。

車子停在一處雜木林前，幾株樹幹綁黃色警戒線，圍出大約兩平方公尺的區域。

「請教當時的狀況？」

「趴著。」他吐了口汙染現場空氣的煙。

「發現屍體的是？」

「筆錄有。」

「周亮武買完早餐怎麼會到這裡？離鎮上有點距離。」

「好問題。」

「他手機上留下什麼人約他到這裡見面的訊息嗎？」

「沒找到手機。」

羅蟄蹲下身摸泥土，鑑識組初步認為死者指甲內的泥土與這裡的一樣，是第一現場。周亮武不可能沒緣由地一早跑來這裡，除非有人叩他。如果事前約好，他不會先去買早餐，即使買，不會僅買一份，不是待客之道。臨時約，一定打他手機。

手機呢？凶手帶走了？殺一個人，可能帶走死者的手機；殺兩個人，不可能拿手機當紀念品，容易被警方追蹤。

趴在地面看，野草太多，沒留下鞋印，不過可能留下被踩歪的痕跡。

「小蟲，乩童警官，感應到什麼？」

「我沒找感應，不當乩童很久了。」

繼續尋找，有了，挖開一坨陰濕的泥土，摸到兩片折斷的SIM卡。羅蟄略略興奮，再往前，樹幹的腳印下找到機身，故意埋的，再用鞋子後跟用力踩得更深，鑑識組大概沒挖開泥土。

把螢幕已裂成蜘蛛網的手機與晶片小心裝進證物袋內。

「學長，手機幾乎毀了，送回鑑識中心，說不定他們能找出什麼。」

代理所長石天華沒鼓掌叫好，沒拿起通話器向上級報告，他解開制服兩顆釦子，以手為扇地搧風。

「我沒找到，你找到。」的確尷尬。

「公事，學長，我可以說我們一起找到，事實上也如此。」

「一起找到？」

「是。」

「不必。」

他們騎車反方向往平溪車站訪談周亮武妻子，山區內沒風，路上有人，天空沒雲，然後忽然所有人聲爆在鐵道每塊枕木之間。一列火車緩慢地通過商家中間的軌道，上百支手機舉得高高搶畫面。

平溪線火車由八堵至菁桐站，窄軌，尚未電氣化，完工於一九二一年，運煤專用鐵路，台鐵幾次想廢線，近二十年因觀光業倒成了熱門路線。

羅蟄低頭鑽過香港客的天燈，閃過韓國人的相機，向說酥米馬線的日本客點頭致意，謹慎地縮小腹躲過猛然撞來的各國屁股。

周太太個子不高，長得略福態，忙著為觀光客挑天燈、奉上毛筆，每個人來到平溪免不了在天燈上寫些祝福家人的字句點了火送上天，希望老天爺收到每盞天燈，並將祈福者的姓名、祈求的內容鍵入資料檔內，以便各級神祇毫不遺漏地一一處理。

像——像金凱瑞主演的《王牌天神》。

問一句，她答一句，幾乎和筆錄上的一字不差。出事當天周亮武照例出去買早餐，他愛吃飯糰和雞蛋煎蔥油餅，周太太仍睡得不醒人事，天燈小店的生意由她一人張羅，經常累到晚飯吃不下急著抱棉被。

那天周亮武到中午還沒回來，警察在她做生意時闖來告知。兩名濕透襯衫的管區員警，第一位問她：

「周亮武是妳先生？」

第二位摘下警用鴨舌帽，低頭想把帽子摺成紙鶴，於是第一位再說：

「周亮武死了，後山，被人砍了一刀，當場死亡。」

周太太記得全部過程，她不等羅蟄開口即不停地說。

「我問他怎麼知道我先生死了？他說救護車上的醫護人員說的。我叫他把醫護人員找來，我一定要問他憑什麼沒有送醫院急救就說我先生死了。

「我到後山去，這個高高的警官在抽菸，我先生剛剛在那裡死了，他們應該燒香，不是抽菸。

「兒女回來質問我誰殺了他們老爸，我是警察嗎？我說要埋你們老爸就埋，我沒空，我還有他們老爸留下的汽車貸款要還。

「喂，高高的警官，你叫什麼名字？為什麼不敢說誰殺我先生？你們警察每天就會開罰單，死一個老百姓和死一條狗沒差是不是？你說啊。

「我們家幾十年好不容易賣天燈賺一點錢，你們看不順眼，我家舊貨車你們開單，我家前面雨棚你們開單，等我先生死了，你們不開單了，再開呀。」

羅蟄與石天華站著挨十幾分鐘的罵，石天華出去外面等，交給羅蟄應付周太太。能問出的資料實在有限，周太太不清楚周亮武的交友情形。

「他開計程車，以前去台北開，後來瑞芳排班載觀光客來平溪。一天跑不到幾趟，賺一千塊不夠他喝酒。」

不見石天華，她罵屋內老公的遺照。

「不知道聽誰的話，貸款換新的福斯，門口那輛，不開計程車開烏北，比較高級嗎？靠背，我很忙，叫他去自己做早飯，他出去買就不說了，只買他自己的，這個死人骨頭，不知欠誰賭債被殺掉。我叫兒子把福斯開走去賣賣，不要辦喪事，我沒錢，以後他們周家的事不要找我。」

周太太沒有哭，甚至沒有憤怒，語氣平靜得有如訴說今天賣掉幾個天燈。

羅蟄打去Uber，要求對方提供周亮武出事前七天的出車紀錄，與當天的預約資料，聽起來接電話的人努力扯他並不熟悉的隱私與公司機密條款，羅蟄沒耐心：「先生，準備好我要的東西，稍後去拿，說不定請我同事拿搜索票去翻貴公司的電腦。」

不能讓電腦被警方染指，每台電腦皆有其貞操。

周太太沒送他們，略駝背地迎向另一組操廣東口音的客人。周亮武的死，對她而言似乎疲倦遠多於悲傷。

無力悲傷？

當羅蟄打算找個地方加油騎回台北，意外地，話不多的石天華攔住他：

「喝杯咖啡去。」

咖啡館在菁桐老站對面，選洗煤廠遺址上方，坐在窗外的長廊恰好看見進出車站的支線柴油車，另一撥觀光客興奮地下車，如平溪站，每個人舉起手機紀錄休閒人生。

咖啡不怎麼樣，起司蛋糕不怎麼樣，櫻花早開過，楓紅談不上，熱蒸氣飄在長青苔的車站屋頂上方，模糊了藍天的一角。

「聽說學長要退休？」仍是羅蟄開口。

「乩童看得出未來嗎？」

「那得問算命的。說到乩童，我早退休了。」

「嗯，退休的乩童。」

「學長還年輕，退了多可惜。」

「不可惜，從警政署長官到平溪分駐所同事，沒人會懷念我。」

警界無人不知石天華的事，酒後駕車和砂石車相撞，妻女死在車中，砂石車駕駛死在駕駛盤上，他則撞斷三根肋骨。三死一傷。

事後調查，砂石車超車進入來向車道剎車不及造成車禍，錯在砂石車。石天華並不嗜酒，當天奉分局長之命去議員女兒婚禮送禮金，被議員攔下硬灌了杯啤酒，車禍現場進行酒測，未超標。

以上理由全不成理由，石天華的確喝了酒，一滴與一瓶意義相同，他是警官。

總算上級講人情，新聞淡了之後，石天華從屏東縣警察局調至其他縣市的非主管職，大概流浪於這個閒差與那個閒差之間，一年前轉到新北市警察局督察室，平溪分駐所暫缺所長，便由他代理。

「學長，忘記那起車禍，你總得活下去。」

「活，簡單。」

「聽說你等退休，新北市調你回刑事組也不肯？」

「退休可以給自己新的期待。」

「期待退休之後？」

「買間海邊的破房子，天天釣魚。你中學念過海明威的《老人與海》？像那個老人，說不定有天釣到大魚。」

羅蟄停了話，天天在海邊釣魚，每個人都有類似的夢想。

「學長以前想過有天當警政署長、刑事局長嗎？」

「沒。」石天華又點起一根菸。

「那就沒差，當個不想升官不想發財的快樂警察，一星期執勤五天，一天洗衣服，一天釣魚，到下個星期繼續不想升官不想發財地快樂上班。學長當警察可以很簡單，你想太多了。」

石天華玩弄手中的杯子，許久許久沒說話，直到服務生走來問還差什麼嗎？

「差，差了老婆和女兒。」

他的大嗓門把服務生嚇走。

「讓她們不再憂心地懷念你吧，學長，我記得你是神槍手，差點選上奧運代表隊，你是很多學弟妹的偶像。」

石天華沉默了很久，當他起身付帳時忽然說：

「周亮武的兒子是警大學生，告別式那天晚上他穿制服到我家。」

「他說了什麼嗎？」

「我休假，喝醉了。」

他們很久不再說話，久到太陽都無聊得轉到別的地方去。當兩人發動機車時，羅蟄的車子動也不動，估計油箱乾渴到吐舌頭的地步。

「騎我的，過幾天我經過台北找你換回來。」

也只好如此。羅蟄要離去前，石天華拍了拍摩托車的前車燈。

「你是個好乩童。」

「我——」

「聽說在宮廟做到十七歲？退休的好乩童。」

一路騎回台北，平溪分駐所沒有冷氣機的電費預算，汽油預算則沒少。往深坑的路上起風了，由東朝西，彷彿推羅蟄的背心向前衝，他可能超速，沿途的測速器如果尚未故障，沒人逃得掉，可是他不在乎，車子是新北市警局的牌照，罰單寄瑞芳分局。忙一天，唯一令羅蟄略為爽的事。

不敢對石天華說，兩團飄忽不定的灰色氣體緊貼他肩頭，如果靈魂有溫度，難怪石天華熱得只能穿背心。

活人放不下死的，死的又何嘗放得下活的。

手機狂響，如果警官騎車超速並講手機，他會被調去玉山山頂等亞熱帶的雪花飄飄嗎？

5

當羅蟄趕至刑事局會議室時，所有人已到齊，桌子盡頭坐著很少上電視，不過只要上電視一定臭張臉的大長官警政署長。他穿這裡那裡繡滿金線的大禮服，推斷不是剛進總統府，就是剛臭臉上電視，被永遠記不起名字的記者這裡那裡問一堆存心要他難堪的問題。

會議進行至桃園市警局長報告，羅蟄彎腰縮頭地坐進長桌最後面空椅。局長提到機場捷運A7站的雙屍命案，現場留下的證物有限，尚無法確定辦案方向。

「凶手不是留下了凶器，你覺得證物有限？」

桃園市警局長的體重超重，手帕不停地抹額頭汗水。

「凶器菜刀呢？丙法醫怎麼說？」

老丙仍老神在在，他指指桌子中央證物袋內的兩把WMF單刃菜刀：

「死者確為菜刀所殺，一刀，準又狠。」

「有凶器，有指紋，刑事局怎麼補充？」

輪到刑事局新任副局長齊富：

「我們判斷凶手以同一品牌的菜刀、前一名死者的指紋，向某人物施加壓力。也就是說他有仇人，想以凶案逼對方出面。」

「這樣說，死者之間應該有關係？」

能當上警政署長，多少邏輯觀念清楚。

「還在調查。」

「後面那位新同學，小蟲對吧？」

「是。」

羅蟄彈起身，站得像冰棒。

「你在警界很有名，說說你的看法。」

羅蟄的視線迅速掃了室內一遍，桃園市警局長邊擦汗邊喝茶，齊老大假裝看資料地沒看他，只有老丙用右手擋住面向署長的臉頰，再用左手伸在右手掌後面揮食指。

老丙暗示少講話？

「不必顧忌，說。」署長催促。

「報告署長，我們按照齊副局長的分析，分頭調查中。」

「調查有結果？」

羅蟄渾身躁熱，他仍站得像冰棒，逐漸融化的冰棒。

「署長叫你說，羅蟄，說。」齊老大下命令了。

「報告署長，我大膽地推測。」

「很好，要是你的膽子不夠，我們借你膽子。」

「周亮武死後六天，吳建弘被殺於台北科技大學地下室的廁所內，胸部中刀，凶器ＷＭＦ菜刀留在屍體的致命傷口處，刀柄驗出前一名死者周亮武的指紋。吳建弘死後五天，張傑瑞與李蘋蘋被殺於林口A7站附近的新建大樓內，前者前胸中刀，後者後胸中刀，都一刀斃命。刀柄留的是第二名死者吳建弘的指紋。」

突然口乾舌燥，每名與會人士都有一大杯茶，唯羅蟄沒有，他站得照樣直，像融得只剩光溜溜的冰棒棍了。

「所以？」

「所以我推測除了李蘋蘋可能恰好在現場而遭連累地被殺之外，其他三名死者間必有關係，六天、五天，按這個間隔的縮減，下一名死者可能出現在張傑瑞與李蘋蘋死後的第四天，今天、明天、後天的大後天。凶器仍然是ＷＭＦ菜刀，刀柄的指紋應該是張傑瑞的。」

署長看看手錶：

「推測沒有證據，不過比沒有推測要好。假設你的推斷成立，今天快過完了，我們只剩下三天時間。你有什麼建議？」

「追查四名死者的關係，找出連接點，利用媒體放話，逼出凶手計畫要殺的下一個目標。」

「喔，凶手殺人是想逼出仇家？」

「報告署長，一、凶手未隱藏屍體，刻意讓警方短時間內即發現；二、三起或至少兩起命案使用同樣的凶器，菜刀；三、故弄玄虛地在凶刀按上前一名被害人的指紋。他很費事地布置殺人的過程，推測希望引起媒體與社會大眾的注意，以傳達威脅訊息給他的仇人，也就是他真正目標。」

署長轉手中原子筆，暫時未評論羅蟄的推測。

老丙打岔，這麼多長官在場，唯一不拿警政署薪水的是他，不怕被調到龜山島守望四季的變化。

「我驗屍的一點心得，ＷＭＦ雖然鋒利，可是要把整個刀刃刺進人體，得花不小的氣力，死者中兩名年輕男性都才二十多歲，張傑瑞一八〇公分，肌肉結實，可見凶手個子不小。」

「多不小？」齊富用鼻孔出聲地發問。

「一八〇以上，八十公斤，慣用右手。」

「請問丙法醫，」齊富提高音量，「按照羅蟄的說法，下次凶刀上會留下張傑瑞的指紋，所以這幾天凶手可能潛入你的解剖室偷張傑瑞指紋，我派幾個人守你那裡怎麼樣？」

「副局長指示，我們全力配合。」

會議室再沉寂了幾十秒鐘，官大的開口，署長揮手要羅蟄坐下。

「小蟲說得有道理，死了四個人，瞞不了媒體，我們主動對媒體發消息看看有沒有公民提供線索，如果小蟲說得對，說不定凶手要殺的下一個人被嚇得六神無主，迫不及待需要警方的保護。齊副局長，你是專案負責人，由你決定。齊老大，死四個人了，萬一是隨機殺人，我們得憂心民間的恐慌情緒。」

說著署長已起身離去，其他人立正目送。可以預期，署長才消失於門外，齊富的鼻孔已經在羅蟄臉前噴氣。

「你去平溪查到什麼？」

羅蟄掏出證物袋，裡面是破碎的手機與晶片。

「周亮武遺留在現場的，那天下過雨，埋進泥裡——」

齊富對毀損的手機極不滿意：

「你說的六天、五天、四天，胡掰的，還是有證據？」

「合理的臆測。」

「不介意分享你偉大的臆測神力？」

「真的相隔六天、五天，接下來猜是四天。」

「猜？我操你的小蟲，在署長面前你雞巴毛地信口開河胡猜？」

專案小組由齊富出馬對媒體發言，他講得簡短，說得模糊，而且不接受提問，三分鐘即結束，刻意留下極大空間由媒體發揮想像力的比賽作文。十五分鐘後，網路上的新聞標題已匯集至齊富桌上：

刑事局證實台灣出現首宗連續殺人案

六天、五天，下名死者將出現於四天後

菜刀殺人狂的下一目標是？

WMF在台銷售數量超過雙人牌

一刀殺手下戰書，刑事局束手無策

第三名犧牲者死於菜刀下！！！

專案小組集合十二名內勤同事接電話，由資深刑事幹員過濾來電，如果死者彼此認識，如果還有第五名死者，看到新聞勢必向警方求救。

「找出死者關係！」齊富對專案小組的成員喊。

齊富其實對羅蟄喊。

6

機場捷運線的A7站是體育大學，從台北車站過去的第七站，靠近林口，距離桃園機場二航廈還有六站。剛開發的地區，到處是新建大樓與工地。

進房仲辦公室，窄小的空間、過多的桌椅、掛滿牆面的銷售錦旗。羅蟄一直不懂為什麼頒發錦旗獎勵房屋賣得好的分店和銷售員，發黃金戒指不是更好？錦旗怎麼說也該用在體育比賽，害他差點誤會這家分店裡的業務員全來自體育大學。

店長主動提供資料盡到協助警方辦案的國民義務，李蘋蘋本來在台北信義店工作，半年多前買下A7站的新成屋，既然搬來，乾脆轉至這裡工作，何況信義區房價雖高，交易量少，不如A7站周邊的機會大。

「薄利多銷嘛。」店長說。

「你們警察各管各的，free style？」店長還說。

「什麼意思？」

命案發生當天傍晚，兩名刑警拜訪過房仲。

「桃園市警局的？新北市的？」

「我找看看名片。」店長從抽屜拿出名片，「台北市警察局刑警大隊的——」

「鹿翠蘭。」

「不是，飛鳥。」店長舉起名片，「名片上印飛鳥，日本以前有個歌手叫飛鳥，台灣也有警察叫飛鳥？」

噢，飛鳥自由式，羅蟄則一直費力地狗爬式？

李蘋蘋如同以往，命案當天一早進店，向店長拿鑰匙後即出門帶客戶看房子，她未說明客戶身分，接近中午店長接到警方通知才曉得她與客戶一起被殺於新建的大樓內。

二十五歲，未婚，父母家在內湖，大學畢業後即進房仲業，過去兩年的業績還不錯，可能因此攢下錢於體育大學旁買了新居，三十八坪，扣除公設、停車位，室內實坪二十四，兩房兩廳。

公設居然占三分之一以上？羅蟄從沒在台北買房子的念頭，聽了嚇一跳，店長用看寵物的眼神對他說：

「公設平均分攤進每一戶是台灣特殊文化，三分之一不算多喔，有的豪宅公設占一半，不然怎麼有游泳池、健身房、花園、散步的步道。」

店長撥電話取得李蘋蘋父母同意，領羅蟄去她住處。十八層高、上百戶的住宅區，賣出不到四分之一，住進來的不到八分之一。雖說不景氣，買房子而不住的仍大有人在。

店長不清楚李蘋蘋有沒有固定的男友，A7站周邊有待開發，比起信義區，荒涼而空洞。房仲的工作繁忙，她不像有時間或有機會交男朋友。

乾淨的單身女人住家，羅蟄確定她有男朋友，至少曾經有，否則鞋櫃內不會擺了雙穿得襯底起毛的男用大拖鞋。

他拿出鑷子並量了拖鞋尺寸。

冰箱藏不住祕密，小巧的公寓，雙爐灶的廚房不尋常地安置雙門特大美製冰箱，裡面甚至塞滿食物和食材，大多微波或半成品的超商產品，冷凍庫內找到六顆粽子、東門餃子館賣的冷凍水餃與一袋十顆芝麻包。

「李蘋蘋瘦還是胖？」

「瘦，年輕女生最在意身材，中午吃水果餐。李蘋蘋的身材啊，警官，我們店裡兩位男同事哈死她，賭誰先追到她，大家插花下注，他們輸到脫褲。」店長停住話地笑，「拍謝，不是那種脫褲，蘋蘋理也不理他們。」

不只李蘋蘋一人住這裡。

「她買這間房，多少錢？」

「兩房的大約八百萬，她好像買七百多萬，一坪不到二十萬。」

「貸款多少？」

「我們不打聽同事的財務狀況，羅警官可以問飛鳥警官，她向銀行查過。」

羅蟄覺得自己也該取個藝名，彈弓不錯，專打滿天閒得到處亂飛的飛鳥。刑警什麼時候可以把花名印在名片上？以為自己是偶像、作家？

「畢業兩年她就有錢買房屋？」

「哪有那麼好賺，房仲靠基本薪水吃泡麵過日子，高房價的黃金時期過去了。我猜他父母贊助不少，現在的年輕人不靠父母，誰買得起房子。」

羅蟄想起台南市北門區的爸媽，省吃儉用不敢出國旅行，成天擔心終身俸隨時被政府砍光。老人家，怕未來。年輕人的未來卻在老人家。

桃園市刑警趕到，領羅蟄看命案發生所在的空屋。不遠，走路十分鐘，室內二十一坪，幾近於正方形的格局，硬塞進三房。

三房意味婚姻、孩子、家庭，三房是未來。

張傑瑞被刺殺後，仰面倒下。鑑識人員初步推測凶手推得張傑瑞朝後倒，方便拔出菜刀，隨即轉身砍往外逃跑的李蘋蘋，因此李蘋蘋面朝下倒地，灑得到處都是血漬留下的暗褐色印記。

「這間房子短期內賣不掉了，」店長無奈地說，「整棟樓被連累，政府規定凶宅必須告知客戶，聽說是凶宅，誰還想買。凶殺案，兩條命，我手上的空屋整個冷掉。」

凶手留下一個鞋印和一隻鞋，可能擔心鞋底沾血，一路走出去留的線索更多，乾脆脫下鞋離開現場。

證物資料內有張鞋子的照片，穿得很舊，從未上過油或擦拭過的長筒傘兵靴，嚴格說應該是仿傘兵靴，一側縫了遜斃的拉鍊，免得不好穿脫。

桃園市警局鑑識組未從鞋上找到指紋、DNA。

引起羅蟄好奇的是鞋子大得出奇，他穿UK的九號半，二十八公分，已經大腳，傘兵靴鞋舌頭背面的尺寸碼寫著UK十一號半，三十公分，超大腳，籃球員的腳，論身高，可能一八五至一九〇。鞋子兩側被撐得往外突出，胖腳的人身體其他部分推估也胖。

一百八十五公分、體重九十公斤，穿UK十一號半的舊傘兵靴，持WMF菜刀狠狠插進李蘋蘋背心。李蘋蘋死得冤枉也死得慘，房仲公司體恤她因公殉職而發獎金嗎？

羅蟄想，凶手的確如丙法醫說的，使刀老手，否則不能如此準確地一刀刺進逃跑中的李蘋蘋致命之處。

一長串的困惑，凶手一再使用同樣凶器、同樣手法，究竟想傳達什麼訊息？傳達給誰？

前兩宗，周亮武死在平溪，買早餐的回家途中不明原因轉向山區；吳建弘死在台北科技大學地下層廁所，尿尿後，若說兩案為隨機殺人，不無可能；張傑瑞和李蘋蘋就不符合隨機的假設，凶手隨機到體育大學附近看房子，恰好見到其中一間的房門大開，拿菜刀進來隨機殺人？

資料上寫得含糊：查張傑瑞與李蘋蘋並無關係，雙方親友亦表示對另一人的名字陌生。

唯一有趣的是張傑瑞在新竹科學園區工作，十七個月前結婚，已於竹北買了房子，怎麼跑到桃園來看房子？

「A7的房地產投資客多嗎？」

店長怕血腥味，站到門外回答：

「傳統的投資客幾乎沒有，大部分是父母買給子女的。」

資料上沒有張傑瑞父母的筆錄。

本來想去訪問住在新竹市的張傑瑞父母，臨時取消，因為手機響了，明明調小音量，依然響得讓人心驚膽跳。

「小蟲學長，你們什麼意思？」

「什麼什麼意思？」

「明明個別的謀殺案，齊老大為什麼對記者說是連續殺人事件？」

「因為是連續殺人。」

「我們台北市的案子。」

「飛鳥，妳到底找我幹麼？」

「上面叫我把吳建弘的命案交給刑事局專案小組，這樣你高興了？」

「和我高不高興無關。」

「學長，你故意的，氣量狹小。」

「正好，請順便把妳越界到桃園調查A7站雙屍案的資料一起送到專案小組。」

迅雷不及掩耳地斷訊，有人生氣，非常非常生氣。

7

把羅蟄叫回專案小組的是提振士氣的消息，接到一通自稱可能為下名被害者的來電，他要求警方保護人身安全。

重聽通話，男性，未經菸酒戕害的年輕人嗓音，短短四句，透露出懷疑、恐懼、緊張、猶豫。

「專案小組？我看到新聞，凶手真的要殺第五個人嗎？」

「凶手為什麼要殺他們？」

「真的用菜刀殺？」

「我想想。」

小蟲聚精會神地聽錄音，其他人卻盯住專案小組辦公室中央的大螢幕，眼也不眨。飛鳥仍著藏青色戰術服，標準的稍息姿勢面對鏡頭，表現得專業。螢幕下方的跑馬燈寫著：

捷運A7站雙屍命案涉及婚外情

飛鳥字正腔圓，無論長相、討喜程度，遠勝各部會的發言人。

「她會紅，現在年輕人，沒幾個像她這樣敢要的。」老丙的評語。

「要什麼？」

「她想要、能要的。」

她說明男性死者張傑瑞一年前認識女性死者李蘋蘋，發展出不倫之戀，且在A7站附近李蘋蘋的新居私會。房子表面上是李蘋蘋買的，可是李蘋蘋出社會兩年不可能僅貸款三百萬，相信張傑瑞分攤了部分房款。

至於兩人為何又去看房？飛鳥認為是李蘋蘋於上班時間藉故偷情。

「不通，」羅蟄說，「要偷情可以去李蘋蘋住處，飛鳥不是說兩人在新居私會嗎？現場空屋，連床也沒有。」

「有人喜歡站著做。」

老丙一定常看色情網站。天天陪屍體的後中年期男人，悶。

從A7站李蘋蘋住處帶回的男用拖鞋尺寸與拖鞋內皮膚屑才送給鑑識中心，看來的確是張傑瑞的，飛鳥搶先公開，羅蟄做白工。

「找間沒有家具沒有床的空屋偷情，合買七百多萬的房子幹麼？」羅蟄再提出對飛鳥發言內容的疑問。

齊富與老丙以「嫉妒該有個限度」的不悅眼神瞄來。

飛鳥說警方正朝李蘋蘋新居的購屋資金來源調查。

「攪亂專案小組辦案程序，刑事局沒意見？老大。」羅蟄忍不住地問。

「小蟲，人家掌握大好青春。」齊富打個呵欠，「急著升官、領獎金，全力往前衝，你該學學她。不是說你不好，看你要不要，如果要，就得學她。」

「升官、發財，忙了半生好不容易坐上真皮旋轉辦公椅，往後看跌跌撞撞的學弟妹，十分得意，往前瞧見年邁學長姐即將空出的職位，充滿希望，進銀行刷存摺，夢醒時分，還是買不起房子。」

老丙的一句話使在場的人全說不下去。

「你非得澆年輕人冷水？」

「即刻起當我啞巴。」老丙起身泡茶。

「查死者的金流的確是個辦法，不過如果六天、五天、四天的推斷成立，我們沒那麼多時間。」

「飛鳥這麼積極，一定查了，你們為什麼不問問她。」老丙捧著茶壺插嘴，他明白插嘴不討人喜歡。「當我沒說，我泡茶去。小蟲要不要來一杯，保證用新的茶包。」

羅蟄沒喝茶，他跑了三個地方：刑事局鑑識中心、ＷＭＦ台灣代理商、中和軍用品進出口商。軍用品公司的Joe指認相片中的傘兵靴不是軍用或警用的，可能從國外網站買來的舊品，這麼大的尺寸不容易在台灣找到。

菜刀代理商表示他們的商品主要透過各大購物網站售出，兩個連鎖超市則和他們合作促銷，客戶資料在電腦內，為免洩漏個資，請檢察官送搜索令來，否則不方便提供名單。

唯一好消息來自鑑識中心，李蘋蘋家裡的大拖鞋的確是張傑瑞的，皮膚屑的ＤＮＡ吻合。遺留殺人現場的大傘兵靴檢驗出皮膚屑，ＤＮＡ比對不出對象。如果傘兵靴是凶手，凶手無前科。

鑑識中心主任拍羅蟄肩膀：

「被飛鳥打槍喔。」

所有人都看了飛鳥的新聞。

收到通知，專案小組改設於辛亥路的台北市相驗暨解剖中心，刑事局的記者太多，怕洩漏辦案進度。羅蟄懂，上面的大長官怕三天後真的再出現屍體，難看，把專案小組搬遠點，免得到時開記者會，刑事局仍是背景。

還有，凶手從哪裡弄來死者的指紋，難道每次殺一人便拿一把新的菜刀按上指紋？鑑識中心不太認同這種假設，凶器的菜刀除了指紋外，沒有其他的殘留物，而殺人後再按死者的指紋，免不了沾上血、皮膚屑。

總之，盯住老丙是齊富的戰術之一。

不過一下午的功夫，老丙那裡的會議室已改成訊息中心，二十台市內電話機、影印機、勤務指揮的總機已設置妥當與刑事局大數據庫聯線，裡面擠了二十多人，吆喝、喊叫聲此起彼落。叫的是副局長兼專案小組召集人齊富：「那個誰，你他媽的擺盆花是幹麼？」吆喝的是法醫老丙：「會議室借你們，不包括其他區域，老齊你下命令，誰也不許進我的解剖室乘涼。」

除了解剖室，老丙夠意思地提供他的辦公室，羅蟄想進去打個瞌睡，沒想到一開門，飛鳥坐在不見老丙的老丙辦公桌後面。

難得沒穿戰術服裝，咳，羅蟄差點嗆到，上班這樣打扮太超過，她穿高中女生流行的短運動褲、黑色短幫復古球鞋。

短到接近鼠蹊的運動褲。

倒是腰間仍掛槍帶，不是美女與野獸，她極力塑造美女兼野獸的形象。

「什麼狀況？」

「沒有狀況，副局長齊老大調我進專案小組。」

「他沒對我說。」

「對我說就夠了。」

「丙法醫呢？」

「我不是他祕書。」

老丙的桌面鋪滿筆電和隨手堆成小山的資料紙張。一旁的白板寫明受害者、命案時間、現場、證物，看來新畫上的命案地點關係圖是飛鳥的傑作。不能不承認，飛鳥寫的字，秀氣。

「那一堆是最近半年ＷＭＦ菜刀售出的數量和商家，你負責。我處理周亮武，凶手殺第一個人往往留下的線索最多。」

「我去過平溪，查過周亮武了。」

「你的報告咧？」

飛鳥伸出手，不是要羅蟄當下交出報告，而是捻起一塊披薩。

剛進來時見到送披薩的摩托車離去，以為是經常處於飢餓中的老丙叫的，沒想到是飛鳥。

香腸起司，飛鳥正要送進嘴，羅蟄撲上前，大手揮掉披薩。

「幹什麼你？」

「誰叫的？」

「不是丙法醫嗎？」

「不要碰披薩。」

羅蟄衝進解剖室，老丙坐在高背椅，頭垂得快KISS到肚臍眼。

「丙長官，丙長官。」

找脈搏，摸不出；試鼻息，感覺不到；搖，用力搖——

「我聞到披薩味。」

老人家健在。

「丙法醫，你叫的披薩嗎？」

他揉眼，他吸鼻子，他沒差點把羅蟄當披薩。

「聞到起司味。我沒叫披薩，你叫的？孝順。」

「我沒叫。」

羅蟄轉身搶走飛鳥目瞪口呆面前的整盒披薩。

「我送去請鑑識同事化驗，妳查看監視器畫面。」

凶手來過，他愈玩愈兇，羅蟄停機車時瞄到披薩外送員騎車離去的背影，直覺不對勁，無論哪一家外送員，騎車同一態度：焦急、猛加油門、S形，可是這名不一樣，他優雅地讓路給羅蟄。優雅就算了，不能騎印肯德基炸雞商標的車子送達美樂披薩，這樣吃肯德基——夠夠。

為什麼是香腸起司披薩？凶手知道老丙對起司沒有抗拒能力，想毒害老丙？掛掉老丙從此台灣沒人會驗屍？

「鹿翠蘭，請妳盡量回憶調到專案小組的事有幾個人知道。」

「我長官，台北市警局局長室、市刑警大隊、勤務中心。你想幹麼？」

「為什麼披薩送給妳？」

「我以為是丙法醫叫的。」

「不對，送披薩的沒問妳是不是姓丙，而是直接交給妳，連簽收也免，根本已經鎖定妳。」

飛鳥看看一旁的齊富。

「老大，算是偵訊嗎？」

「不算，小蟲只是問問送披薩的事。」

「他看到肯德基，懷疑達美樂披薩外送員，偵訊我，老大，他沒有證據。」

「當聊天，增進同事感情，妳未嫁，他單身，說不定有緣分。」

她故意將一條腿蹺上桌面。

「不可能。小蟲學長，既然不算調查，可以輕鬆點囉。」

羅蟄馬上將視線移開那條炫耀長期舉重壓出線條的腿。

「最近周圍發生不正常的現象？」

「不正常？請定義。」

「陌生人主動向妳接近、有人跟蹤妳——」

「前者，經常，不是最近。後者，偶爾，我會扭斷他們的賤手，踹爛他們的卵蛋。」

哇哩咧，羅蟄坐不住了，椅墊燙得燒屁股。

「老大，小蟲學長，你們到底要問什麼？」

飛鳥瞪大眼看羅蟄，羅蟄覺得熱，他看齊富。

「小蟲，把你的懷疑對她說，天天一起工作的同事，別顧慮。」

羅蟄不能不再正視面前火熱的眼睛，飛鳥的眼睛不大，但向兩邊比一般人多延伸零點幾公分，不是周子瑜那種，竹內結子那種。

「好吧，飛鳥，我懷疑凶手盯上妳，長期跟蹤妳。」

「我警官，他盯上我？想像力太豐富。」

「妳常上電視，外界以為妳是負責此案的警官，凶手對妳產生興趣。」

「按照你的邏輯，他去盯主播、盯蔡依琳才對。」

金牛座的，她一定是金牛座的，不然，討人厭的牡羊座。

「否則他不必喬裝送披薩的潛入解剖中心，他可能想藉由妳做些他想做的事。」

「請不要用色情辭彙。」

「不色情，連續殺人狂經常對報導他新聞的記者、警察發生興趣，有時候他們氣憤記者寫錯了，有時候認為警察忽略他。」

「我忽略他？」

「妳懂我意思。」

齊富放下手機，他是兼小組召集人的刑事局副局長，電腦遊戲裡的強大外掛。

「證據來了，鑑識中心驗出披薩的確加了料。」

「什麼料？」

「不是毒藥，朝天椒。」

「靠。」羅蟄與飛鳥不約而同地出聲。

「他想讓我拉肚子。」

「還有，」羅蟄將筆電螢幕轉向齊富，「監視器拍到。」

解剖中心加裝二十一支鏡頭二十四小時工作。第一具監視器設於山腳下，送披薩的機車轉進山路，駕駛戴全罩式安全帽，看不清面孔，可是確定後座的外送箱上漆著「KFC」。第二具監視器在門口，第三具與第四具設於停車場南北角落，外送員停下車，從後座的方型保溫箱內取出披薩盒，脫下安全帽，駕駛躲在外送袋後面戴上棒球帽和口罩，他了解解剖中心的環境。第五、第六具監視器安裝於一樓大廳的兩側，他刻意低頭快速通過，執勤警員問了一句即讓他進入。

「你為什麼讓他進來，沒登記外送員的姓名？」羅蟄訊問門口值勤警員。

「丙法醫常叫外送食物，習慣了。」

「問過外送員，誰叫的披薩嗎？」

「丙法醫。」

證明凶手知道飛鳥調至專案小小組，當然知道解剖中心有位丙法醫。

「長什麼樣子？」

「就外送披薩年輕人的樣子。」

「門口警衛幾個人值勤？」

「一個，三小時輪班一次。」

「現在起記下任何非專案小組人員到訪，不准戴口罩，一律攝影存證，勤務記錄簿交接需簽名和時間。」

外送員對解剖中心熟門熟路，直接上二樓敲丙法醫辦公室，沒絲毫猶豫。二樓走廊的監視器拍到的畫面較清楚，但他仍低頭，見到帽子與口罩而已。唯一例外未裝監視器的是丙法醫辦公室，當初沒想到要裝，誰想看老丙的隱私？不宜安裝。

「飛鳥，妳對送披薩的有什麼印象？」

「他戴口罩，說丙法醫訂的披薩，二百二十九元，我付了，諾，發票在這裡。」

「幸好妳曾經單槍逮捕侯仙人的兩名徒弟，電視上播的，帥喔，他不敢輕易下手，而且妳腰間掛了槍。」

「他想殺飛鳥？」齊富不信。

「不致於殺飛鳥——」羅蟄指著螢幕上模糊的人影，「他胸前掛了我們警察執行勤務用的蒐證密錄器，把專案小組內部大概全拍了，一定也拍了這塊白板。」

白板上寫明辦案進度、小組成員名字、工作分配。

「好傢伙，老丙，這叫什麼？有句俚語，你常說的——」

老丙不在，羅蟄替他回答：

「老鼠舔貓鼻子。」

「對，老鼠膽子大，敢進貓窩找零食了。」

門被推開，小蘇吐著大氣說：

「老大，電話又來了。」

這次來電的人講了五句：

「我去哪裡找你們？」

「連續殺人狂真的說還要殺下一個人？」

「你們怎麼保證能保護我？」

「要帶睡袋嗎？」

「我去找你們。」

他不肯說出在哪裡，莫非擔心凶手監聽警方電話怕洩漏行蹤？另一可能，他不願意警察知道他住的地方。

值勤警員依照齊富寫的紙條告訴對方：

「請到興隆路二段一百五十六號的興隆派出所，進派出所找蘇警官就可以。」

對方掛斷電話。

電話來自新莊，輔仁大學校區內的公用電話，追蹤至此斷線。新莊區警員火速趕抵，不見可疑的男同學。

聽聲音年紀不大，是以為手機即人生的年輕世代，他卻沒用手機，打公用電話，凶手和他很親近，他害怕。由此可以確定打電話來的不是湊熱鬧想蹭牢飯吃免錢的。

從輔大到興隆派出所，有段距離。

「不管真假，小蘇馬上去興隆派出所，要求所長加強警衛，人手不足打電話回來請求支援，台北市保警總隊待命等專案小組的通知。訊息組，調興隆派出所和附近所有的監視器畫面。」

一下子，破案的期望集中在一通電話與興隆派出所。

羅蟄認識興隆的所長SoSo，緊張型，永遠緊張到吃不胖，偏偏齊老大看中他。警察這行的職業病：三餐不正常且暴飲暴食的胃潰瘍、工作時間不固定使生理時鐘失常而失眠、睡在辦公椅導致脊椎側彎。SoSo三者皆有。即日起SoSo更難入眠，小蘇會是所長新增的噩夢，誰都知道小蘇菇蘑。

等待，刑警大部分時間花在等待，所以刑警習慣發呆。集體發呆、集體窩在大樓外的機車停車棚旁抽菸。他們的煙飄不進密閉的解剖室，但解剖室天花仍罩著淡淡的一層飄移不定的灰色煙霧。羅蟄閉起眼睛，他實在不想看到不應該看到的。

永隆宮廟祝順仔阿伯有天傍晚對十一歲的羅蟄說：

「看到了吧，看你眼神就知道你看到了。科學家說磁場、空間，恁伯聽嘸，倒是比他們接觸多。羅蟄，灰灰的、像煙那樣搖擺的，他們和我們得燒香才發生關係。宮廟是他們、我們、神明一起喝茶的地方，點炷香，大家休息，聊聊天。」

順仔阿伯每次都把香菸抽到幾乎燒嘴唇。

「看到了，怕不怕？沒什麼好怕的對嘸？晚上我們回家，他們也回家，發現家不再是他們的家，無處可去只好再回宮廟，住旅館同款。」

不能說看到，起先羅蟄感覺到，慢慢聽到，即使看到，也看不清他們的形體，有的濃點，有的淡點，有的不停飄蕩，有的不太移動。順仔阿伯說，和心情有關，放得下或放不下，一旦徹底放下，便隨風消逝。

解剖室冰櫃內的屍體都沒放下，灰色影子，濃，動個不停，他們徬徨。

小蘇尚無消息，解剖中心監視器內出現一輛警用摩托車，停在大門外的停車格，下來一名背水手用行李袋的中年男人，老丙在外面抽菸，對方沒送披薩，倒是掏出證件，大門警衛未耽擱地打內線電話至專案小組查詢。不需查詢，石天華已向老丙打招呼：

「瑞芳分局平溪分駐所石天華，剛奉命轉調菜刀連續殺人案專案小組，請問是丙法醫吧，久仰大名。」

石天華主動向刑事局請求支援專案小組，由於他經手周亮武命案，齊富馬上同意，石天華便騎羅蟄的警用機車來到二殯上方的解剖中心，向齊富報到後，未詢問進度與他的工作，將行李往老丙辦公室內一扔，抽出睡袋往牆邊一鋪，三十秒後發出沉重的呼吸聲。

他的兩名同辦公室同事，羅蟄早在老丙的破沙發上睡得死去活來，飛鳥則睡在辦公桌後的地面，差別是羅蟄有沙發，儘管他得縮著兩腿，飛鳥有睡墊和老丙主動提供的枕頭與薄被，石天華只有睡袋和水泥地，說不定還有隻受到驚嚇緊貼牆壁不敢聲張、不敢移動的壁虎。

第二天早上專案小組享受從公館送來的豆漿、蛋餅、饅頭夾蛋、燒餅油條，石天華啃了三人份，他說了句令羅蟄感動的話：

「聽你的，當個快樂的警察，讓老婆女兒安心。」

一旁的飛鳥聽不懂，她也沒興趣問。倒是石天華問候她：

「小學妹，我是石天華，酒駕害死妻女的石天華。」

飛鳥的燒餅油條停在嘴邊數秒。

接著的一天所有人找資料分析受害者的社會關係，其間石天華跑台北科技大學一趟了解第二名死者吳建弘的人生，飛鳥去新竹找張傑瑞的妻子，羅蟄進刑事局大數據中心調過去的菜刀殺人案資料，齊富到警政署挨罵，內政部長的大黑頭車於上午十點零三分駛進刑事局大門。老丙窩進解剖室對四具屍體再顯微鏡式地尋找可能遺漏的線索。小蘇留在興隆派出所一個勁地抖腳。每半小時上一次廁所，他喝太多咖啡，他尚未等到該出現的人。

飛鳥證實她的說法，張傑瑞和李蘋蘋是戀人，張太太不知情。

「不可能，不可能，我們結婚沒多久。」

「妳先生和李蘋蘋因為買房子認識的嗎？」

「警察搞錯了，傑瑞買的是新竹我們的家。他買桃園做什麼，那裡沒有朋友。」

「他留下日記、電腦、手機？」

「手機他隨身帶，你們沒找到？」

「新竹的房子他買的？你們一起出錢買的？」

「我爸付頭期款。」

「他的收入呢？」

「新竹工業區，一個月八萬多，他把金融卡交給我，妳看，在這裡。」

「有仇人嗎？」

「為什麼有仇人？」

「張太太，不好意思，你們沒有生育計畫？」

「他說再等兩年，等房貸壓力輕點。」

「再請問，你們近來多久做一次愛？」

張太太就哭了。

死者四人，張傑瑞與李蘋蘋確定為男女關係，可是和周亮武、吳建弘年紀差很多，他們分住平溪、台北市安東街，找不出彼此認識的證據。

唯一算得上好消息的是丙法醫派他的小梅助理加入專案小組：

「她很靈光，有些屍體上的事，你們直接問她。最近除了吃飯，別吵我，四具屍體有點邪門，我得專心練功。」

小梅進其他三人的寢室，仍戴口罩，說了句頗令人深思的話：

「我不習慣警察的味道。」

「警察有什麼味道？」羅蟄嗅腋下。

「小蟲，你幾天沒洗澡？」飛鳥判定警察味道指的是羅蟄的汗臭。

「我們警察是有味道，」石天華說，「以前我老婆常說。」

所以小梅不肯擠進老丙的辦公室設法占領能躺平的睡覺空間，她通勤。

小梅對專案小組提供的第一項有利情報：

「明天第四天了。」

第四天，即使早餐喝豆漿，會議室內聽不見一點點聲音。

這天不喝豆漿，泉州街直送來的烤香腸與蚵仔麵線，當地分局長特別拜託店家一早做的，木柵分局則承諾晚餐由他們招待。媒體與網路的冷嘲熱諷、市議員的質詢、立法委員的指責、行政院長表達的關心、警政署長比平常更臭的臭臉，菜刀連續殺人案漸漸凝聚成台灣警界罕見的團結，各分局加強巡邏，各地警局呼籲市民晚歸務必結伴同行，住的地方若偏遠，可請警方或里長辦公室協助。

警政署未宣布取消休假，從中央到地方警員自動停止休假，台北市許多里成立巡邏隊，晚上十一點至凌晨輪流值夜。

他們不打更，不敲鑼，定時向派出所聯絡。

訊息中心會議桌旁將近二十人吃勾芡的蚵仔麵線不發出聲音，比壓抑鑽到鼻膜內的噴嚏更困難，他們做到了。

一份日報的頭題是：

強大的警力呢？

強大的警力擠在高溫的燜燒鍋內，燒過頭隨時爆炸。

齊富很悶，悶得不吃蚵仔麵線，連齊太太親自送來的三層便當盒裝的早餐也被擱到一邊。他從會議室這頭踩到那頭，踩得令人心煩。

總有踩累的時候，終於專案小組召集人往飛鳥與羅蟄對面坐下，眼神以近乎ＷＭＦ菜刀的鋒利掃過每一人：

「小蟲，你說凶手警告某個人，殺了四個人要逼這位某個人出面？」

「是，不然用同樣凶器，六天、五天的間隔殺人，有什麼意義？」

「還有，他膽子大到潛入專案小組送加了朝天椒的披薩，挑釁。」

「他設計我拉肚子有什麼意義？」飛鳥也表達看法。

「副局長，我懂了。」石天華說。

「你懂了，說說你懂了什麼？」齊富睜大布滿血絲的眼睛。

「他要警告的、逼出面的不僅是下一名被害人，是我們，警察。」

其他人來不及反應，手機、電話齊響，飛鳥看著iPhone說：

「第五具屍體，距張傑瑞與李蘋蘋死亡，相隔正好四天。」

「我操他祖宗。」齊富掀翻一碗蚵仔麵線。

第二部

男孩興奮地奔向河濱運動場，他有手套了。等了七個月，媽媽下班時將紙盒塞進男孩懷裡，雖然是二手的。

學校他們說二手的棒球手套其實不錯，用得已經柔軟，不必阿強那樣每天上油搓揉，那樣拗指頭。看外表還很新，真的很軟，就是大了一點。沒關係，幾天後他會用得習慣，接球會發出啪的落進手套的聲音。

炫死他們。

班上打棒球的很多，和三班的合組一隊，每周六練球，可是他永遠排九名以外，最好的一次是小俠生病，排到第十名，仍舊沒機會上場。阿強說男孩太瘦，打到球也打不遠。其實男孩知道，阿強嫌他和小俠沒有手套，不過小俠至少有打得掉色的鋁棒。

阿強派他當外野手，練習時外野手五人，他得用手去接，只接過一次，有點痛，他沒喊痛，快傳二壘手。他可以接住更多高飛球，有手套的幾乎用擠的把他擠出去，不讓他接。

他有手套了。

「白痴喔，那是一壘手的手套，所以才長啦。」

原來是一壘手用的手套，那又怎樣，長更能接高飛球。

阿強把他的手套拿給守一壘的奕弘，他用又破又小的奕弘手套，然後坐在休息區繼續當第十一棒。

從來沒有代打、代跑過，明明那三個外野手接不到球，阿強就是不讓男孩上去替換，一次也沒。把手套要回來，那是男孩的手套。奕弘用丟的：

「有手套是怎樣！」

男孩右手拳頭不停地捶左手的手套，他不能捶奕弘。

找過小俠一起練球，男孩答應小俠投，他當捕手，小俠不肯。小俠後來上場代打好幾次，三振三振三振。男孩覺得他一定可以打出去，不能像奕弘打到外野，可是絕對打得出安打。

鈴木一朗那樣，男孩在家練習左手打擊，拿那個男人留下的長長的手電筒做球棒，每天揮一百次，揮到手抖得握不穩飯碗。而且他做伏地挺身，從三個做到一次三十個。有一天他會上場，一次代打就夠了，鈴木一朗那樣輕輕一敲地把球打到游擊手後面。上一壘以後他一定盜上二壘，他跑得很快，說不定他盜上三壘再盜回本壘。

等了很久，阿強從五班拉來另兩個人，小俠被擠到第十二棒，男孩沒有再等下去，媽回來之前，他拿菜刀刺手套，皮太硬，刺不穿。菜場的阿伯幫他磨菜刀，一次一百，刀磨得又亮又利。

手套藏在床下，男孩生氣的時候就用菜刀刺，有天從手掌接球的地方刺穿過去。他再刺每個手指的地方，那裡又厚又滑不好刺，他一直刺，最後把每個指頭都刺出好幾個洞。

不打棒球又怎樣。

1

第五具屍體來得既突然也不突然，因為警方已有六天、五天、四天的心理準備。專案小組召集人齊富對凶手這麼大膽，殺了四個人，居然真敢在警方追查之下，殺第五個，發出他的驚訝：匪夷所思——不，這是經過老丙翻譯的，原文是：

「我操他三千年前的祖宗。」

警察也是人，免不了情緒失控。

凶手於公眾眼前向警方的偵辦能力提出挑戰，行政院打算超乎內政部與警政署之上，成立更專業的專案小組，邀請華裔美籍的刑事專家主持。刑事局長嚴肅地對齊富說：

「老大，現在變成我們全體台灣警察的面子問題了。」

回到台北市解剖中心，齊富對羅蟄說：

「小蟲，死角，我們還沒找到辦案的死角，你幫我跳出去看看。」

跳？羅蟄怎麼跳？當然，雖然齊富從不信鬼神那套，這回他要求羅蟄不必再閃躲鬼神。

二十年多前曾出現轟動一時的靈媒曾理秀，台大歷史系畢業，忽然某天發燒，三個月不退燒，遇到高人指點，不是生病，是天眼開了。果然康復之後能通曉過去、未來，信徒多到如夏天植物園裡的蟬。當時前後兩任警政署長遇重大案即向她請教，媒體以嘲諷的語氣稱她為「靈媒女神探」。

破案靠靈媒，豈不和依照小說《三國演義》的內容打造諸葛亮的木牛、流馬一樣？

齊富不信神鬼，破案壓力逼得他對羅蟄再說：

「小蟲，懂我意思？」

「老大不會請小蟲學長在我們這裡請示神鬼吧？傳出去是笑話，丟臉丟死，我先請調回台北市，都什麼時代了。」飛鳥私下對老丙說的不列入記錄的牢騷。

「警察拜神破案不像話，嗯，妳說現在是什麼時代了？」老丙眨眨他白內障嚴重的左眼。

「你們，」飛鳥頓了頓，「根本侏儸紀時代。」

老丙扭頭看看小梅助理，溫柔地提出要求：

「晚飯烤塊暴龍肋排，上面擺一枚煎得半熟的迅猛龍蛋？」

一輛車，三名刑警拉警笛、閃警示燈，橫衝直撞抵達木柵指南山半山腰的指南宮。

車上齊富問：為什麼是指南宮？

當然不是問飛鳥，問的是羅蟄。

「指南宮原稱仙宮廟，奉祀八仙裡的純陽子呂洞賓。」

從小成長於台南北門的永隆宮，廟祝順仔阿伯教他不少神明的知識，呂洞賓唐朝末年人，二十歲而不娶，遇到也是八仙之一的鍾離權，引他進入道家之門，宋朝時於武昌的黃鶴樓升天成仙，書上記載，當時他「百餘歲而童顏，步履輕疾，頃刻數百里」。

「呂洞賓既長壽還身體好，小蟲，你乩童，你熟，找找看有什麼當仙人的祕笈、速成術之類的。」

羅蟄沒接話，他不小心見過法醫老丙為齊富量血壓、血糖，早晚各一次；不小心見過齊太太為齊富準備的早餐便當，稀飯、醬菜，和以前的比起來，腸胃接近沮喪，食道只剩絕望。還有樁祕密羅蟄不敢詢問別人的意見，齊富拋向老丙大口吃紅豆麵包的眼神，絕對仇恨大於仰慕。

不知什麼時候開始，傳說呂洞賓嫉妒心重，偏愛美女，凡情侶一起至仙宮廟拜拜的，一定被他拆散，所以單身女子拜呂仙許願，即能得到帥哥青睞，要是嗨過頭地帶男朋友去，則保證分手。已婚者除外。

「哇，那得講清楚，小蟲，你對飛鳥沒那個念頭吧，萬一被呂洞賓拆散，別想我賠償你感情損失。要是你有那個念頭，就在山下等我們。」

後座的羅蟄與飛鳥變得安靜，甚至尷尬。本該羅蟄坐前座，齊富硬要搶，他從來不相信駕駛，必須親自監視前方路況。

「老大放心，我對小蟲學長完全沒興趣。」

「那就好。」齊富自嗨地呵呵笑，「那就好。」

羅蟄忍不住了：

「報告副局長，你要在山腳下車等我們嗎？」

齊富沉默了好一陣子才回過神：

「嘿，小蟲，變聰明囉，」他艱辛地轉過上半身並伸出手掌，「Give me five。」

羅蟄兩手護住臉，齊富的Give me five翻成中文是「賞你一巴掌」，他學的是老式的英文，很多掛槍牛仔進酒館聽瑪麗蓮夢露唱歌的時代。

指南宮儒釋道三教合一，奉祀玉皇大帝與王母娘娘等道教神祇的凌霄寶殿、供奉釋迦摩尼佛的大雄寶殿、主祀儒家孔孟的大成殿。本殿則是奉祀傳說始終維持童身的呂洞賓純陽寶殿。

屍體便躺在「天下第一靈山」牌匾下的台階。男性，身上未搜出身分證明，一萬多元現金與悠遊卡。上網查詢，他的悠遊卡未記名。穿縮管運動褲、愛迪達三條線的拖鞋、NIKE白色帽T，掉落於一旁的鑰匙串應該也是他的。飛鳥眼明手快，接走鑰匙去山下停車場。她不停地按鑰匙環上的汽車遙控器，不久即晃著帽後一小撮馬尾一步兩階，「步履輕疾」地上來。

「找到死者汽車，已請勤務中心以車牌查人。」

羅蟄在署長面前做的大膽推測成立，張傑瑞與李蘋蘋死後的第四天，又是WMF菜刀殺人，刀刃沒入死者背心，一隻三條線拖鞋留在屍體往下數的第七級台階。與之前不同的，除了菜刀，屍體上明顯另有一道傷口，兩者大部分重疊，看起來像英文裡的Y。

死者身材巨大，估計身高一八〇，體重一百以上，T恤往上捲，露出腰部兩圈多餘的脂肪。接近中午，刑警找不到目睹凶案發生過程的目擊者，只能怪天氣異常，氣溫高到沒人想拜呂洞賓祈求豔福。

「小蟲，你對現場有什麼看法？」

齊富兜著屍體走了幾圈。

「不尋常。」羅蟄說。

「講點有營養的。」

羅蟄看著沾了血跡的菜刀把柄。

「老大，死者認識凶手。」

「為什麼？」

「快四十度的大熱天，誰會站在沒遮蔭的台階曬太陽等著被殺，他這麼胖。」

「很好，再來。」

「可能凶手用其他身分約死者在這裡見面，涉及死者的祕密，死者不能不來，可是見到凶手馬上覺得不對勁，轉身就跑，被凶手追上殺死。」

「繼續。」

羅蟄想到李蘋蘋也是背心挨一刀，周亮武也如此。

「難說，到現在五名死者，兩名正面被刺，三人背心被刺，而正面被刺的兩人，吳建弘在廁所，地方狹窄，地下室光線不會太好，凶手舉刀進廁所，吳建弘來不及反應。張傑瑞隨李蘋蘋看房子，也在有限的空間內，凶手闖進去，張傑瑞即使認得他，恐怕還沒叫名字就挨一刀。」

「背心被刺的呢？」

「兩人在開闊空間，周亮武在平溪，現在這位在指南宮。這次的死者和李蘋蘋相同，疑似逃跑被殺。」

「意思是？」

「意思是之前我們不敢肯定是不是隨機殺人，現在這位說不定是打電話向我們求助的那位，他跑了很多步才被凶手刺中背心死亡，證實他認識凶手，所以絕不是隨機殺人。」

「很好。」

「往回推，之前四名死者之中也有認識凶手的，我覺得張傑瑞認識。」

「怎麼說？」

「張傑瑞已婚，約婚外情的女友李蘋蘋見面，不可能告訴別人，除非是很好的朋友。」

「不僅認識，是很好的朋友。」

「我甚至懷疑是凶手約他們兩人見面，談的事情關係張李二人，不方便約在公共場所，更不能約在李蘋蘋住處，李蘋蘋是房仲，手上幾十把空屋鑰匙，乾脆約在其中一間。」

「利用空屋。」

「老大發現沒，A7站的命案現場既未關門也沒把屍體移到裡面去，誰經過都能看到。」

「早點被人發現，免得發臭？」

「大致是這個意思。」

「我們得往死者之間的交往關係上查，還沒具體結果？」

「我和天華哥商量從頭蒐集死者的人生，他們不可能不認識。天華哥已經去吳建弘家，我等下去李蘋蘋父母家。」

「李蘋蘋父母？」

「女生比較會和媽媽說心事，想問出她生前的好友，閨蜜之類的。」

「天華積極喔，主動加入專案小組。」

石天華來到解剖中心後，不常講話，埋首於電腦中閱讀資料，追進度的態度。

「再說說為什麼這次兩處刀傷？」

「這次的死者身材高大，第一刀沒刺中要害，得補第二刀吧。」

「你不是說A7捷運站雙屍命案現場留下的靴子大尺碼，凶手高大？」

「是，還是等丙法醫驗屍，現在說不準。」

難得齊富沒開罵。

「多一具屍體，第幾具了？」

「第五具。」

「老丙的冷凍櫃有空位嗎？」

「我看過冷凍櫃，六格。」

「我們只剩下三天，六天、五天、四天的三天對吧？」

「三天，明天、後天，如果仍找不出凶手，大後天將出現第六具屍體。」

「周亮武、吳建弘、張傑瑞和現在這位。回去我加派人手，不然忙不過來。」

「老大忘記李蘋蘋，她才是我們一直疏忽的關鍵被害人。」飛鳥總有不同的意見。

自尊心過度強大是種心理疾病。

「根據我的證據，張傑瑞與李蘋蘋是婚外情關係，凶手一定知道他們在一起，如果只想殺張傑瑞，不會找李蘋蘋在場的時間，一開始他就想連李蘋蘋一起殺。」

飛鳥存心抓羅蟄漏講一人名字的計算問題。

「看樣子我們得再查張傑瑞和李蘋蘋的關係。」齊富下溫柔的指示。

「是，我等等去李蘋蘋爸媽家。」

她徹底推翻一分鐘前羅蟄要去李蘋蘋家的計畫。

「妳已經找到這個死者的汽車，能不能專心找出他的身分？我去李蘋蘋爸媽家。」羅蟄的反應就不溫柔了。

「我什麼時候不專心？」

「不是說妳不專心，是說眼前的死者身分更重要。」

「報告副局長，我是小蟲學長的屬下嗎？如果是，請你下派令。」

飛鳥瞪大眼看滿臉脹得通紅的羅蟄，表情類似向foodpanda訂韓國料理部隊鍋，送來的卻是台式麻辣鍋，一副「叫你們經理來」的德性。

「如果沒有派令，學長少用警階壓我，在專案小組，我們平等。」

「我什麼時候用警階壓妳？」

「講話的口氣。」

「凶手在外頭逍遙，專案小組鬧內鬨，下山喝咖啡，我們平心靜氣再想想案情，而且得等勤務中心回報車主的身分。」齊富拍羅蟄肩頭，捏捏飛鳥小手。

「報告老大，屍體怎麼辦？」飛鳥又搶原該羅蟄的台詞。

「依規定處理。喝完咖啡，屍體應該已經送到老丙飯桌上，我們得給他驗屍兼吃飯時間，專業的事急不得。」

齊富對丙法醫以解剖室當飯堂的習慣，毫不保留表達他的不以為然。

2

齊富的車子竟然停在景美市場外。

「這家的咖啡有點意思。」

不就是家庭式的小咖啡館，三十出頭瘦高穿圍裙的老闆從吧台後向來客揮手。

「齊長官，這裡坐。」

也只能那裡坐，店裡僅吧台前八張椅子，四張空著。

「上次你介紹淺焙的那種不錯，帶點酸味，來一杯熱的。」

「另外這兩位呢？」

羅蟄根本連小店賣幾種咖啡都沒搞清楚，齊富替他回答。

「和我一樣，他年輕，沒斷奶，大概要加奶呀糖的？」

不能插嘴，隨齊老大安排。

齊富沒替飛鳥安排，她已經主動問：

「有Geisha吧？」

她轉頭向齊老大說明：

「Geisha不是日本的藝伎，衣索匹亞一座山的名字，和日本藝伎發音相同，那裡的咖啡豆產量少，價錢貴。」

「貴？沒關係，我請客。」齊老大顯然以生硬的輕鬆掩飾虛弱的焦慮。「小蟲，一起改喝

Geisha，藝伎喔，聽名字我的關節就不痛了。」

齊富有事，每次他故作輕鬆一定有事。

他們靜靜喝咖啡，店內播放慵懶的藍調音樂逐漸與冷氣馬達聲踩上同一節拍。

「勤務中心傳來汽車車主的資料，何文明，兒子何如春，輔大學生，詢問校方，他的住址是新莊，學校外面出租的學生套房。」飛鳥咬著字說。

「大學生?和吳建弘可能有關係，和周亮武、張傑瑞、李蘋蘋扯不上關係，重點擺在吳建弘和何如春，通知天華。」

「是。還有，老大，命案急迫，我們到底為什麼來喝咖啡?」飛鳥意見多。

「休息一下，專案小組一個個亂慌慌的，不行，得定下心來。飛鳥，陪我喝咖啡，列為拍長官馬屁的公關活動，不妨礙公務。」

羅蟄的手機響，鑑識中心傳回消息。

「周亮武的手機晶片全毀，查不出裡面的資料，救回手機內的撥出與接收號碼，一一過濾後，出現於他死亡當天七點四十二分的號碼應和周亮武的死亡有關，可惜是公用電話，位於瑞芳火車站。」

「瑞芳火車站。」

齊富注意力不集中，忽然指指對面的小吃店。

「本來想請你們去吃黑白切配魯肉飯，怕小蟲火氣大，飛鳥介紹的藝伎好，店裡冷氣好，兩位小朋友來塊什麼亂七八糟的蛋糕不?」

飛鳥沒回應，羅蟄則盯著對面的小吃店，然後他見到羅雨。

羅家兄弟兩人，羅蟄十歲被溫府千歲看中，神明上身成為乩童。千歲正直，為不少信徒解惑，身為乩童的羅蟄當然也受鄉民尊重，無論學校、市場，北門幾乎人人叫得出羅蟄的名字，不料因而疏忽小兩歲的羅雨，他學哥哥又跳又叫、念含糊不清的符咒，某天像是神明附體地踏起仙步，廟祝順仔卻瞧出苗頭不對，上羅雨身的不是神明，是陰靈。

折騰好幾個月，請溫府千歲幫忙，總算趕走陰靈，羅雨卻大病一場，身體稍微好轉，留下紙條離家出走。

「你弟羅雨的名字也和節氣有關？」齊富似經意似不經意地問。

「他二月生的，雨水。我三月初，驚蟄。」

那年羅蟄十七，羅雨十五，羅雨走了，羅蟄也離開北門，離開永隆宮。羅雨中邪令做哥哥的羅蟄難過，轉去台南市念書之後，不再當乩童。

爸媽為此不知流了多少淚，責怪自己顧了老大，誤了老二。

多年來，見到宮廟不能不想到羅雨，當初羅雨假裝神明上身，羅蟄身為哥哥為什麼不多關心，反而看不起弟弟，甚至以不屑的口氣揭穿羅雨的遊戲？如果好好向羅雨說明他當乩童的原委，事情不會變得不可收拾。

當乩童後，放學便進永隆宮，懶得理老是纏人的弟弟，羅雨跟著在宮廟外耗，不就期望和哥哥在一起？

呢？羅雨的出走是家族的烙印，烙在爸媽的皺紋，烙在羅蟄始終打不開的心情，可是最重要的，羅雨

找到羅雨是羅蟄警大畢業兩年後，羅雨長得比以前高，比以前瘦，吸毒、嗑藥，進出派出所多次，羅蟄沒法子好好跟他講幾句話。

躲哥哥吧，羅雨改去建築工地打零工，居無定所。

「老大故意帶我來看羅雨？」

「誰是羅雨？」飛鳥也看對面的羅雨。

「他弟。勸不了你弟？」齊富問。

「老大聽說我弟的事？」

「老丙說的，你不是請他去北門假扮桌頭嚇凶嫌？面對你弟這種意外，做父母的痛在心坎哪。」

齊富認真地看羅蟄，有如火星人第一次看見地球的蟑螂，兩分好奇，兩分關切，六分壓抑不住想拿拖鞋打死蟑螂的衝動。

「羅雨的事，你認為是你的錯？」

「我爸媽的眼神，看來是我的錯。」

齊富停下話，不停擺弄手中的杯子，隔了很久才又抬起頭看羅蟄，再看飛鳥。

「小蟲，飛鳥，有句話，你們姑且聽聽，我們沒法子改變人生，可是我們能改變對人生的看法。」

「聽不懂。」飛鳥直接回應。

「老大難得講這麼深奧的話。」羅蟄的回答。

「不就年紀大，沒事撂兩句人生哲理，安慰自己，順便賺點尊敬。別再為你弟的事內疚，看得出你對你弟的感情，機會來的時候，相信我，你自然能把握。」

「我一向尊敬老大。」

「你們說什麼？」飛鳥失去耐心地起身，習慣性摸腰間的制式手槍槍柄。

「那，再聽我另外幾句白話文的哲理，不准再和你弟打架，沒聽說暴力能讓浪子回頭，用點耐心。平常看你像煮不開的水，怎麼遇到自家弟弟馬上變成流氓，真是的。」

既然羅雨不回應，去年起羅蟄追到每一處弟弟打工的建築工地，非得把羅雨打到回家不可。

沒有分局過問羅氏兄弟的內鬥，一是清官難斷家務事，一是別人的囝仔死不完。

不是我的錯，那年我也才十七歲。羅蟄內心吶喊，為什麼要我為你背一輩子的罪惡，連回家見爸媽講話也得出口前再三考量！

「他在小吃店前面做什麼？」飛鳥提出近在眼前的問題。

「廚師。哎，小蟲，你弟變了，戒毒戒藥，社會局幫他找工作，幾個月前考取廚師執照，聽說甩鍋熱炒的功力直逼民生炒飯，如今對面的小吃店全賴他，生意不錯。」

走出一名頭髮挽在腦後，穿花布裙、厚底拖鞋的女人握水管沖洗地面。

羅雨舉起雙手伸懶腰，不再盡是泥污的牛仔褲，白襯衫、黑長褲，改戴廚師的網帽，照樣瘦得有如門板。

他站在店前抽菸，與女人講話，講話時不時移動廚師鞋躲開水管沖來的水。

攔不住羅蟄，他已經衝出去。

「羅雨，回家。」

羅雨愣了一下，扔下菸，解下圍裙，他捲起袖子朝前邁出一大步。

「羅警官，來，我等你好久了。」

「我說，回家。」

「看我高興。」

「高興？爸媽對不起你？我對不起你？」

「就不能讓我過自己的日子？」

「我抓你回去。」

「抓抓看。」

羅蟄沒再多說，躍起身往前撲。

他沒抓到羅雨，後腦不知被什麼重物擊中，落進濕淋淋的水泥地面，摔得一時之間兩眼發黑。

羅雨鐵了心地依然不肯回家。

「不是叫你用耐心，怎麼還是暴力，他是你弟弟，不是仇人。」

羅蟄沒回答，一手摀住後腦傷口上的毛巾，一手握衛生紙按住下巴淌下的血。

「多丟人，幸好你沒穿制服，不然我得向上級寫他媽五千字報告說明警官遇襲經過，你真他媽愛替長官找事。」

警車駛進羅斯福路的車潮，過公館，離二殯不遠了。

坐旁邊的飛鳥不發一語，偶爾不屑地瞄羅蟄一眼。

「人家老闆娘以為遇到流氓，誰叫你一言不合擺出捶人的架勢。我旁觀者說老實話，別看老闆娘年輕還有點姿色，揮起平底鍋根本陳金鋒全壘打的動作，」老齊兩手握住空氣警棍，「扭腰、揮棒，一氣呵成，年輕，腰身柔軟呀。你的腦殼也不錯，禁得住打，我本來以為會爆成砸在石頭上的西瓜。」

車子右轉基隆路，快到辛亥路。

「老闆娘不知道你是警官，你沒穿制服，不能算襲警。不知道你和你弟打成習慣，不能拿她依傷害罪法辦。你，想贏回弟弟，得付出代價，她敲得算和氣，敲醒你沒？」

「我看沒醒，接近失智。」飛鳥代為回答。

老丙站在台北市解剖中心門口，看來心事重重。

「飛鳥，少刺激妳學長。對，我本來想賠人家鍋子，沒想到平底鍋夯你，疙瘩也沒，差點問她哪裡買的，以後列為警用裝備，說不定擋子彈兼警棍，雙重功用。」

齊富笑得汽車頻頻打嗝地上下顛簸。

老丙熱心地上前開車門。

「小蟲，沒事吧，又見到你弟？嘖嘖，好大個包，我幫你消毒，縫幾針。」

差點忘記法醫也是醫生，解剖死人之餘，憑記憶中的本事對付活人。

「老齊，屍體剛送到，小梅他們清遺體、放血，我看過致命的傷口，有靈感，給我點時間。」

縫兩針，上紗布，套彈性固定網，羅蟄看鏡子，談不上髮型了。飛鳥倚在不鏽鋼的門邊，斜眼表達她對羅蟄的關心。

解剖台上的屍體正由助理清洗，插在背心的菜刀不見蹤影，大概送進鑑識中心當證物、驗指紋。屍體上方淡淡的灰霧飄蕩，羅蟄移開視線假裝沒看見。

「老齊，你們有進展沒，我好奇這次菜刀上的指紋是李蘋蘋的呢，還是張傑瑞的？上回死兩個人，凶刀上不會既有李蘋蘋的，也有張傑瑞的指紋吧。」

「邪。監視器沒拍到可疑人物，解剖室裝了密碼鎖，知道號碼只你們法醫室三個人。」

齊富銳利的目光掠過兩名法醫助理，圓眼珠的女孩從口罩上方回瞪他。

「法醫中心三名法醫忠厚老實，不像殺人狂，剩下兩個可能，凶手認識所有被害人，還相當親近，得到他們的指紋。要不然，你們解剖中心某位同事出賣死者的指紋。」

「選擇第一個可能。」老丙口氣透露內心的賭爛，「不然我們法醫集體罷工等待真相水落石出，還我們清白。」

「來這套。自尊心比布丁脆弱。」

大人拌嘴，小朋友噤聲。

手機響，齊富看簡訊三步驟：戴老花眼鏡、伸出蓮花指刷螢幕、兩指放大來信內容。

「沒錯，指南宮凶器驗出來，ＷＭＦ的菜刀，指紋是李蘋蘋的。」

「不是張傑瑞的？怎麼可能是李蘋蘋？」飛鳥的驚叫再次搶在羅蟄前面。

老丙吆喝：

「拉出李蘋蘋和張傑瑞。」

兩名助理拉開冰櫃，老丙拿放大鏡檢視屍體的指頭。

「看不出來抹了什麼異物。小梅，刮食指、拇指的皮膚屑，等等我檢驗。」

「欸，」齊富收起眼鏡，「鑑識中心比對了很多次，李蘋蘋的。輔大傳來何如春地址，小蟲，你去，此刻起，我們只有三天。」

齊富轉頭看了飛鳥短褲下的腿，像看水果攤上哪顆芒果比較甜，讚美中藏了價格考量：

「飛鳥去刑事局大數據庫，媽的，到現在還沒把過去菜刀殺人案的資料傳來，這些玩電腦的死宅男自以為科技了不起，該讓他們見見什麼是真實世界裡的壞人。妳就穿這樣去，殺傷力夠大。」

飛鳥對齊老大言語涉及性別歧視沒空追究，已經扭頭大步走出大樓。

「下次是三天，間隔愈來愈短，老齊，是不是衝你來的，要不要翻翻你的花名冊？」老丙憂心地說。

「因為我是專案小組召集人？因為我剛升副局長？因為我當刑警將滿三十年？」

「那個縱貫線殺手土龍呢？他入獄前不是放過話要找你討回來？」

「土龍在牢裡。黑道的不放放話怎麼行，當大哥的講究氣勢。而且，老丙，黑道不會搞菜刀、六天五天、一泊二食這套，他們直接，沒耐心挑逗全台灣的警察。」

「還有，菜刀。」

「想過，刻意用菜刀，一定隱藏我們沒猜透的訊息。」

「什麼訊息？」

「殺人犯不是天生的，有他成長的歷史，菜刀在他的歷史裡扮演重要角色。」

「同意，好吧，我提前告訴你，齊副局長，四具屍體的傷口不像我當初研判的那麼簡單。」

「說。」

「給我時間，反正今天晚上我沒空回家，你不好意思撇下這麼多同事一個人回家幫老婆洗腳吧，天亮之前告訴你。」

老丙站起身，兩手高舉地拉拉筋骨，難得輕快地走回解剖室。

3

指南宮停車場的汽車為二〇〇九年出廠的馬三，車主為五十三歲的何文明，死者何如春的父親，五天前兒子說換住處，借了老爸汽車由雲林北上搬家，沒想到兒子不明不白地慘死。

何如春，二十歲，新北市的輔仁大學社會系大三學生，居住於學校後門不遠花園夜市一處公寓。

白天的夜市有如卸妝後的過度整型美人，參差不齊的雨棚、隨意停放的汽機車、等待清潔公司收取的一包包垃圾。水溝邊殘留免洗筷、保麗龍碗、菸屁股，說明昨夜戰事的慘烈。還有坐在涼椅曬太陽的老人家、清理路面的辛勤婦人、不為吃而經過的心浮氣躁刑警。

房東很客氣，羅蟄看出客氣底下的心虛。一層四十坪的公寓隔出八間房，每間月租金六千元，若一間住兩人則為一萬元。窗戶外面加掛鐵窗式的架空陽台，上面安裝洗碗槽與烤肉用的小瓦斯爐，勉強算廚房，使得原掛於外牆的熱水器被罩進屋內，不符合《消防法》。八戶共用中間僅容兩人側身通行的走道，出入的樓梯前加裝鐵柵門和兩個鎖，妨礙逃生，不符合《消防法》。

不到五坪的房內，牆壁被掛的衣服遮住，鐵窗則阻擋陽光，樓下夜市傳來的油味，廁所傳來消毒水味，幾乎像囚室。集合住宅未另設逃生梯，不符合《消防法》。

從鐵柵間的空隙能見到一樓攤位堆放鐵鍊栓住的三具筒裝瓦斯，更不符合《消防法》。

何如春原本與同學合租，上個月起變成他一人，推斷何如春不在意多負擔四千元的房租。

房東對何如春了解有限，影印身分證上寫戶籍為雲林縣斗六市，外地來的北漂學生。好像有女朋友，可是沒見過。其他房的同學對何如春沒深刻印象，其中一人說何如春以前習慣深夜洗澡，熱水器聲音很吵，去理論過，覺得他不擅言詞，無法溝通。

「從來不跟我們說話，怪怪的。」他提供不具參考價值的看法。

屋內有股說不出，夾雜汗臭與潮濕的嗆鼻味道，書桌堆滿雜物。羅蟄好奇這麼小的空間能念書嗎？

「誰在這裡念書，學校圖書館，要不然巷口的咖啡館。」何如春陌生的鄰居說。

離開前，IKEA塑膠垃圾筒引起羅蟄的好奇，他從幾十張樂透簽單內挑出發票，起碼上百張，依日期先後疊好，橡皮筋綑了，按照開立發票的店家走一趟。

兩張開自附近便利超商，店員找來大叔型的店長，店長看照片一個勁搖頭：

「不記得，警官，我們這裡的客人大部分是輔大學生，二十歲上下，每個都穿T恤，分不清。」

學生仰賴便利超商提供三餐。

忽然想到，羅蟄再次檢視發票，近兩個月內，何如春僅有十九張附近超商的發票，他打發三餐有其他的選擇。

鬍鬚張魯肉飯的十一張，他特別跑去機車十幾分鐘車程的丹鳳吃鬍鬚張？

十七張肯德基發票，在輔大校門口，方便，能理解。咔啦雞腿堡套餐，一百七十五元……麻吉桶餐，二百七十五元……吮指雙雞XL套餐，一百七十五元，他的屍體看起來的確過胖，難怪。

再看鬍鬚張的發票，飄香魯肉飯，一百四十五元，兩份，加石板鹹豬肉，八十元。

會吃，而且，就學生而言，他吃得近乎土豪程度的奢侈。

跑去中和吃勝博殿？特選海味套餐，四百九十九元；里脊豬排套餐，三百元。

不僅吃得好，看來何如春沒有吃飯的經濟壓力。

他請人吃飯，另一張勝博殿的發票上是「二人歡樂組合」九百元。

他抓起手機，通知小蘇查何如春的父母住處、電話，問他們每個月給兒子多少零用錢，再詢問監理所，何如春名下是否有機車。

監理所不出三分鐘即回覆，按身分證字號與姓名搜尋，何如春確有機車，光陽牌一五〇，二〇一二年出廠，二〇一八年過戶到何如春名下，當時的二手售價粗估約四萬元。

機車呢？

回到何如春住處前的機車停車區，沒找到。

羅蟄走進巷口咖啡館，文青風格，中間是張長桌，地板一排插座供學生的筆電使用。店內十多名學生，聊天的少，看電腦的多。

納悶。羅蟄檢視所有的發票，僅上個月底的兩張出自這家咖啡館，接連兩天，然後沒有了。何如春以前常上這家咖啡館，近半個多月一次也沒來，為什麼，換地方了嗎？可是這裡離他的住處最近，一杯美式咖啡才八十元，比星巴克人道多了。

點杯果汁，壓低聲音再和何文明通話，他在斗六經營二代肉圓店，老顧客多，網路上小有名氣，經濟算寬裕。每個月含房租在內，給何如春兩萬，老二也念大學，嘉義中正大學，住校；老三高中，斗六一中，都是花錢的年紀。

何如春房租一萬，依發票上的數字計算，一頓飯平均三百元，一天即使僅吃兩頓，一個月一萬八千，手機吃到飽、機車的油錢和保養費用，加起來超出爸爸提供的預算。

何文明肯定，何如春既不打工，也不家教，全靠爸爸經濟支援。最近兒子向家裡一再伸手要錢，說是補習外文，至於在哪裡補習，何文明不清楚。

一個月支出三萬元的大學生，讀完四年進社會工作，只能拿二萬六、七千元的月薪，學歷成為某種具體且令人哭笑不得的嘲諷。

進校園尋找何如春之前的室友和同學，聽到何如春的死訊，個個驚得闔不攏嘴。前室友說不是他退租，而是何如春主動提出想一個人住，恰好另一位同學找他合住才搬離。

「何如春出手大方嗎？」

「大學生那樣。」

「平常吃什麼？」

「和我一樣，學校的餐廳，要不然對面的自助餐廳，月初家裡錢轉到提款卡，勉強可以大方一點地吃夜市。」

「他的食量大不大？」

「比我大，睡覺前一定吃泡麵。」

沒錯，何如春房內紙箱內尚有二碗未開封的滿漢大餐。

「平均一餐多少錢？」

「五六十、七八十，儘量控制在一百以內。」

「二百以上呢？」

「我們吃不起啦。」

「我們是指？」

「我和何如春，其他住外面的同學也大部分這樣。」

拿出發票給他看。

「太誇張，何如春中樂透喔？腦殘，沒事一個人跑去吃勝博殿。」

回刑事局前，羅蟄繞去景美市場一趟。

「你是羅雨的哥哥？對不起，沒事吧？今天算我的，補你。大家叫我婷婷。」

「我小蟲。」

不僅黑白切，婷婷從廚房端來吃得黏嘴唇的豬腳、松子炒的菠菜。羅雨不會在菜裡藏瀉藥吧。

「小雨不肯出來，他說，請不要再來找他。你們的事我搞不清，他沒說過。你警官？上次跟你在一起的那個女警官很辣，女朋友啊？她抓住我，要不然我會再敲你。拍謝。」

她不好意思地笑。

「要不要米粉？我的米粉湯好吃喔。」

客人很多，進進出出，羅雨始終未露面，羅蟄想到齊老大的話，不能打架，那他天天來吃，吃到羅雨怕為止。

手機不停出現新的訊息，專案小組稍後召開記者會，說明何如春命案。

齊老大能說明什麼？五名被害人的關係不清楚，何如春的社會背景單純，除非他近來吃飯闊綽與非法金錢來源有關。

家教？沒人請社會系的教孩子，父母相信的是數學和英文。打工？他住處沒有SEVEN、全家的工作背心。

中了樂透？垃圾筒內的確不少樂透的簽單。

命案三大動機：金錢、仇恨、愛情。何如春唯一符合的是金錢。

從手機抬起頭，發現大約三歲大的小男孩抓著灶台後婷婷的裙子，追來背略駝的老太太抱起男孩，和婷婷說了幾句話。是婷婷的母親和兒子，她已婚？

羅蟄還是付了錢，對婷婷解釋警察不能接受招待，上級的規定，即使被小店老闆娘夯了腦袋差點腦震盪。婷婷不太高興，包了一袋菜塞進羅蟄手裡：

「帶回去吃，你一個人住台北，留意營養。」

一瞬間，羅蟄覺得如果她是羅雨的老婆，而且羅雨不再固執，說不定他可以經常來吃飯。懷念家的感覺。

趁婷婷忙，羅蟄彎身鑽進布簾下的廚房，羅雨大鍋大火炒菜。

「小雨，有事先走，我會再來。」舉起手中沉重的塑膠袋，「婷婷很好，謝謝你們招待。」

鍋子、鏟子沒亂箭射羅蟄，不過也沒回音……羅雨捨不得說些像有空常來坐，像再見、等你之類的話。

4

記者會上刑事局副局長兼ＷＭＦ菜刀連續殺人案專案小組召集人齊富花五分鐘說完何如春命案即走人，記者不滿意地群聚於辛亥路解剖中心門口，網路重批刑事局無能，其中著名的網紅「夜市主任祕書」寫出刑事局長、警政署長、內政部長、行政院長，乃至於想選連任的總統惶恐不安的心情，他寫：

「一把菜刀，見到人就刺，如果凶手是精神病患，警方的無能將縱容出更多的病患，因為拿菜刀殺路人入門太低階，比ＴＭＤ在手機上射擊ＩＳＩＳ恐怖分子更低階。」

隨機殺人犯這個名詞於一小時內出現於許多網紅的首頁，網購的熱門商品，ＷＭＦ菜刀躍升至首位，想要用這種昂貴菜刀對付晚餐的人少，好奇的居多。視同自衛武器，買把放床頭，比鍾馗畫像更令人睡得踏實。

行政院罕見地召開社會安全會議，齊富不能不回家洗澡換衣服地參加，誰都知道現任院長是潔癖患者，每天以三道手續親自打掃辦公室，先用吸塵器，再用拖把，這樣不夠，最後拿３Ｍ的黏紙把漏網的灰塵微粒當老鼠一樣地黏在紙上。他曾經展示過戰績驚人的黏紙，向老百姓說明居家環境清潔的重要性。

「你不是不想當官？以前當刑事局的士官長，不爭名奪利，人人捧著你，現在了不起，刑事局副局長蛤，根本酒家女，進美容院剪你一公分的平頭，平得用水平儀喬，穿乾洗店燙得找不出皺紋的制服，然後咧？破不了案你齊老大照樣是個衰尾道人！」老丙說得風涼。

然後齊富滿臉皺紋地回到解剖中心，順路載回羅蟄和小梅。

其實並不順路，記者車、電視轉播車違規紅線停車、堵塞交通，羅蟄與小梅不敢冒失上山，萬一被認出，幾十隻麥克風堵過來，會出人命。

他們窩在山腳正要叩同事開車下來載他們上去，齊富救星般地出現。

「那是什麼？」羅蟄問坐副局長大公務車照樣戴口罩的小梅。

「替丙老師帶的晚餐。」

她膝蓋上是肯德基的紙袋，XL的紙袋。

「你呢？」

羅蟄看看自己膝上的大塑膠袋：

「我弟女朋友送給專案小組的宵夜。」

前座的副局長沒問炸雞還是小吃店的黑白切適合前老年期的男人，直到汽車龜速穿過記者排出的八卦陣，直到他下車走進大樓，什麼話也沒說。

「說吧。」齊富說。

「複雜，該怎麼說？」老丙說。

「他媽的該怎麼說就怎麼說，你再不說，有種一輩子別說。」

夫妻吵架的氣氛。

「這次死者身中兩刀引起我的好奇，重新檢視其他屍體，果然有問題。」

老丙不情願地站解剖台前，戴上放大鏡又瞧了何如春屍體上的傷口好一會兒。

「到底說不說。」

「你們看，」老丙指傷口，「同一處地方，兩個菜刀造成的傷口，大部分重疊。我的研判，凶手帶兩把刀，第一把刺進何如春，造成死亡，他抽回第一把，將第二把塞進傷口。」

「第一把可能有凶手的指紋，第二把是李蘋蘋的？」

「沒錯。殺何如春可能時間緊迫，說不定何如春的肌肉和脂肪厚，不容易塞第二把進去，一用力，刀刃歪了，留下痕跡。我查前幾具屍體，果然。」

「以前為什麼沒看出來？」

「以前塞得準確，不容易看出來。」

「死者挨兩刀的意思？」

「對，一刀致命，一刀困惑警察。」

「搞雙刀謀殺，這麼費事？」

「長官，凶手存心向警方挑戰。」石天華說。

沒人敢接話。

「等等，我腦子亂了，我重覆一次，兩把菜刀，凶手帶走殺人的那把，留下有指紋的那把。請教法醫，把第一把刀子抽出來，第二把插進去可以完美地符合第一刀形成的傷口？」

「人的肌肉原來緊的，切開像洩了氣，鬆了，很容易插進第二把刀。插得一點痕跡不露比較難，要全神貫注一點點地插。我拿豬肉試過。」

老丙從冰櫃台拎出一塊令人今生不再想吃豬肉的豬肉。

「買來還是新鮮的，你們看我刺進去的傷口。」

他再拿出銀閃閃的ＷＭＦ尖刃主廚用菜刀。

「用同樣的刀刺進去，豬皮厚，費了點氣力，可是穿過豬皮，切香瓜似的，皮與肉馬上分開。我待了十幾年外科，縫傷口比切開傷口難多了。」

「反正凶手不怕費事。再請教，第二把能插得剛剛好？」

「不能，可是你們刑事局只交給我屍體，沒交給我凶器。」

「本來就規定這樣，你法醫要凶器幹什麼？」

「最好凶器還留在屍體上，我才能判斷凶器和屍體的傷口一不一致。」

「你要一致，他媽的你是法醫，不會看？」

「如果第二把刀插進去，應該不能插得像第一把殺刀那麼深，要是刀子還在屍體上，我說不定早看出這個眉角。」

「鑑識中心全是死人？拿薪水玩電腦，他媽的今天再被外行的法醫發現？那個誰，叫鑑識中心主任來我這裡說明。」

「老齊，破案要緊。我說了，純屬猜測。」

「不行，刑事局所有一級主管一小時後到專案小組報到，哪個不來，別以為我是副局長，我他媽比局長敢揍人。局長想升官當署長，我副局長只想揍人。」

「現在的會還開不開？」

「開，法醫還有何高見？」

「凶手殺何如春的時間有限，不像之前幾樁的寬裕，所以第二把刀子插得淺也插得隨便，留下兩個傷口的證據。」

「何如春可能是打算請求我們保護的來電者，幾經猶豫還是和凶手見面，他和之前死者不同，知道自己可能被殺，卻又不能不去，因此凶手動手時，何如春不意外，只是太胖，跑不掉。」羅蟄補充。

「他和凶手有什麼不能不見面的原因？你說。」齊富看羅蟄。

「金錢往來關係，他的支出突然增加，說不定向人借錢。Copy丙法醫說法，純屬猜測。」

「說錯不砍頭，說。」齊富看羅蟄。

「和新交的朋友有關。」

「嗯。」

「何如春突然有錢，有錢到不像一般的北漂學生，一頓飯吃三、四百元，買名牌靴子，而且——」

「而且？」

羅蟄將筆電畫面投射至牆面。

「送披薩的？」法醫眼尖。

「老大注意看，送披薩，飛鳥簽收的，他騎光陽牌。監視器拍的時候光線不好，當時我疏忽了。」

「很好，車牌查了嗎？」

「查了，車主正是何如春。」

「說。」

查出車牌後，羅蟄坐在景美市場的米粉湯店裡花了一段時間整理時間順序，凶手在殺何如春之前已經騎走他的機車，何如春並未報警掛失，為什麼？他認識凶手，並有把柄在凶手手中。這個把柄估計滿要命的，因而當凶手約他到指南宮見面，他不能不去，去了發現不對勁要跑，沒跑成，背心挨了一刀。

「推測合理，凶手殺人動機呢?朋友，什麼朋友？」

「還不知道，他交了朋友，而且很在意對方，為了表示他的誠意，吃飯改成去貴的地方，都他請客，這幾個月花的錢比以前多。等到連續命案發生，何如春知道凶手是誰，但不敢聲張，打電話報警的應該是他，前面死了四個人的確嚇人，一時間想找我們說明詳情得到保護，不過凶手或者他新交的朋友也和凶手有關，安撫了他，沒來。」

「他交的是女朋友？」

「還不能確定，他住處沒有保險套。」

「他報警，臨時沒去興隆所找小蘇。他知道凶手是誰，一定躲凶手，可是凶手還是知道他來找我們，提前宰了他。怎麼，凶手在我們這裡裝了監視器？」

「是，我也想過送披薩的會不會動手腳，打電話請工程同仁清查解剖中心，沒發現不明監視器，專案小組的電話線與電腦也乾淨，沒被駭。」

「我們是停在玻璃上的蒼蠅，連腳上幾根毛都被凶手看得清楚，他手裡拿著蒼蠅拍？」

「蜻蜓比較好聽。」

「飛鳥呢？」

「報告長官，飛鳥在回來途中，她說一切順利。」石天華回答。

「多順利？」

「沒說，倒是說弄齊過去所有的菜刀殺人事件結案報告，也有未結案報告。」

「詳情。」

「沒說。」

「我們得等大小姐回來囉?他媽的我大半輩子等老婆，現在還得等同事。」

屋外下起大雨，羅蟄頗高興，淋外面的記者，雨愈大愈好。不過飛鳥呢?她騎機車嗎?

羅蟄奉齊富指示到大門前等飛鳥，走了一半不自覺地轉彎去大樓後面的吸菸區。飛鳥不用他等，她太精明，懂得怎麼對付記者。

倒是小梅在吸菸區抽菸出乎羅蟄的意料，也是第一次見到不戴口罩的小梅，小小的臉配兩顆眼珠，可愛之中藏著古靈精怪。

「妳抽菸？」

「偶爾，壓掉福馬林、漂白水的味道。」

「請我一根。」

羅蟄很少抽菸，更很少抽薄荷菸。涼涼的，女人口味。

「妳醫學院畢業不去大醫院當醫生，怎麼來當法醫？」

「不喜歡被管。」

「丙法醫不管你們？」

「我們做好他要求的，他不搞政治。」

警界政治、學校政治、醫院政治，人生逃不過彼此的輾壓。

「還有，死人不囉嗦。」

小梅扔了菸又戴回口罩。

「戴口罩習慣了？」

「不是，後山有記者。」

羅蟄警覺地看後山，果然有人影。

「討厭記者。」

「亂拍亂登。」

「很少女生當法醫。」

「不用把我當女生，我被當成男生養大的。」

「喔？」

「三個哥哥。」

「噢。」

「丙法醫另一個助理好像很宅？」

「宅斃，現在男生很多這樣，霜淇淋和泡麵養大。」

「泡麵世代。」

「已經發展成宅配世代。」

「以後是機器人世代。」

「和你說話軌道很合。」

「對欸，和妳說話很自在，來五百。」

兩人沒互打耳光地輕輕擊掌，又抽另一根菸。

「成天加班，男朋友不說話？」

「想約我喝咖啡？羅警官，你用的藉口很二十世紀。」

「別誤會，隨口問問。」

「問女生有沒有男朋友，不能亂問，如果問，一定接所以呢？」

「喝手沖咖啡還是義式咖啡？丙法醫有現成三合一的。」

小梅扔掉菸。

「羅警官，你這樣追女生很不ＯＫ。」

她走了，留下沒話可追加的羅蟄，他發了很久的呆，直到手機響。

5

「二〇〇九年六月二十九日發生在新北市金山的命案。」

飛鳥濕頭髮纏著毛巾，換了運動服上衣與另一條尺寸相同的短褲在投影機前報告。

「刑事局大數據庫成立兩年，輸入的資料回溯到二〇〇九年，菜刀殺人案一共三十一件，這件是時間最早的，我是說目前已輸入的案子裡最早的。」

二〇〇九年六月二十九日，藍月眉家中的廚房料理台下，發現其男友宋守成躺於血泊中，一刀從他前胸刺入，法醫判定當場斃命。

「哪種菜刀？」老丙打斷。

牆面的投影出現塑膠柄的長刃水果刀。

「不是ＷＭＦ啊。」老丙遺憾。

「繼續。」

「凶嫌設定為宋守成半同居人藍月眉，不過警方始終找不出證據，因為凶刀上的指紋太模糊，新北市刑事組研判凶手殺人後擦拭過刀柄，殘留的指紋無法判讀。屍體周圍採集到的腳印為藍月眉和她兒子方平的。

「現場驗出宋守成的精液、指紋，和藍月眉的，兩人在一起有段時間，周邊鄰居幾乎無人不知，所以到處有宋守成的指紋不奇怪。」

「以下是新北市刑事組拍攝的現場影片，配音的為偵辦此案的前刑警陳家福。」

發現屍體者係臥室內睡得昏沉的女子藍月眉，據她陳述，午覺醒後裸身揉眼步出臥房原想至廚房飲水，剛拿起水杯即差點滑一跤，驚險中她終於驚醒地睜大兩眼，踩到的不是油或水，原以為是果凍，緊接著看見躺在一灘鮮血中的赤裸男子。

據警方事後的調查，死者約已死亡二至三小時。

藍月眉發出驚叫，隔壁鄰居朱阿姨形容藍月眉的尖叫聲驚人，當時彼恰好經過，門沒關，即推門探頭進去一探究竟，也隨之發出尖叫，她向警方表示，男屍一絲不掛。

第三名至命案現場的則為朱阿姨之夫，五十一歲朱姓男子被公司找理由資遣後一直待在家中，朱阿姨稱彼成天等吃飯、看電視。朱阿姨的尖叫引來他，他未表示對老婆之關心，看著一絲不掛的女鄰居藍月眉張口結舌，朱阿姨對此極為不滿，要求筆錄內務必如其陳述的記載詳盡。

為此朱阿伯解釋已一年多未和朱阿姨做愛，因而不太習慣看女人的裸體。十幾秒後朱阿姨打了朱阿伯一掌，他僅喊：

「怎麼回事？」

打電話報警者為朱阿姨或朱阿伯，稍後勤務中心表示經查證錄音，確定為女性，因而符合朱阿姨所稱係彼報警。

七分鐘後警方抵達現場。

各執勤單位分三批先後抵達，最先為派出所之制服巡邏警員，作證宋守成屍體癱於廚房水槽旁，胸口插一把長塑膠柄刀子，立即判斷為謀殺案，因職責不同，故巡邏警員退出現場等候第二批之警局刑事組同仁抵達。

三名刑事警官於四十一分鐘到達，見過屍體即按程序封鎖現場、呼叫支援、通知鑑識人員與法醫、留置現場藍月眉等三名證人。

之後上級之刑事局鑑識中心偵查科兩名警官趕到接手，領隊者為本中心鑑識科徐科長及本人陳家福，徐科長一進門便對在場人員下達指示：

「屍體、證物、證人全部不准動。」

他且指派出所警員腳下被割爛的一雙靴子說：

「現場所有物件皆證物，請勿破壞現場！」

原本此案應由新北市警局負責，但逢大選年，內政部指示所有重要刑案均由直屬警政署的刑事局主持。

經查證，死者宋守成為自己開業的水電工，現場女性證人藍月眉為其女友，於摩斯漢堡店打工。

藍月眉表示她與宋守成做完愛即睡著，起床後發現宋守成死於廚房。彼稱宋守成性需求旺盛，經常做多次，那天做了三次，故彼於事後因勞累而沉睡，不知臥室外竟發生凶案。

偵訊半個小時後，藍月眉突然發瘋似地跳起身大叫：

「方平，方平呢？」

此時警方方知藍月眉前一段婚姻生下一子，方平，小學六年級。向學校查詢，此日結業式，十一點放學，方平並未返家。

翌日檢察官主持之會議，認為方平小學六年級，身材瘦弱，在班上坐第一排，體育活動甚少參加，不可能有力氣將一把刀子幾乎刀刃全部沒入地刺進死者體內。檢察官一再強調基於《兒童及少年福利法》，不宜輕易對未成年者發布通緝，只宜轉交社會局代為尋找。

至於凶器，現場起出沾有被害人血跡，判斷為使用多年之木柄水果刀，刀刃長年未打磨，切豬肉亦恐費力，推斷凶手必然力大，才能一刺到底讓死者連喊叫之機會也無。此一推斷與方平年幼無力吻合，初步排除方平乃凶手之嫌疑。但方平為何失蹤仍待追查。

凶刀刀柄留有不易辨識的殘缺指紋，無法比對。

全案因而陷入死巷子，辦案人員未找到出口。

藍月眉自稱一直在家，死者的死亡時間至其尖叫引起朱阿姨注意之間的兩三小時成為本專案小組偵訊之重點。藍月眉雖辯稱她與死者做完愛後即昏睡，警方抱持懷疑態度。

調查藍月眉生平，彼曾因精神衰弱就醫，長期服用多種安眠藥與中醫所開之天麻素片安神。西醫曾勸彼不可同時吃多種藥物，但從住處起出之瓶瓶罐罐證實彼未理會。藍月眉表示不吃藥睡不著，熬至天亮身體吃不消。

精神衰弱的原因係前一段婚姻造成之傷害，前夫曾多次家暴，當地派出所即列出兩次報案記錄，均附有醫院的驗傷診斷書，第二次傷及後腦，腦震盪而入院觀察一周。基於此，警方一度將其前夫列為偵查對象，但偵查不久即中斷，其前夫因搶劫另案判刑入獄，目前仍在監所服刑中。

儘管藍月眉為唯一之嫌犯，檢察官認為罪證不足無法起訴。藍月眉從此經常大哭大鬧，醫生診斷為「受男人被殺慘狀之驚嚇，加劇精神衰弱」，建議住院治療。

藍月眉入院，方平下落不明，彼住處乃租賃，不久即因欠繳房租為房東收回。

宋守成遠居台東的父親表明無意為不肖子收屍，由新北市政府依無主屍體處理，亦無親友追究命案後續進度。

宋守成命案於五年後被列為未偵破之重大謀殺案。

「陳家福，我記得這個人，喜歡寫古詩，在警光雜誌上看過他的文章。」

「請副局長不要離題。」

齊富咳嗽掩飾他注意力容易分散的老年徵兆。

「藍月眉的下落？」

「已請小蘇查詢。」

「當時承辦警官陳家福呢？」

「已經退休，他的地址在這裡。」

飛鳥打了個噴嚏。

「小梅，小梅！煮薑湯。」老丙喊。

小梅沒回答，直接走向廚房。

「天華，你開車去接陳家福，沒他不行，手中的資料根本沒宋守成命案的後續報告。媽的已經夠要命又碰上十年前的懸案。」齊富下指示，「小蟲找社會局查詢藍月眉下落。」

「我去。」飛鳥舉手。「我是女生，和社會局溝通比較容易。」

「別感冒了。」

「我沒事。」

「好，妳去。小蟲，繼續查何如春的新朋友或者女朋友，錢與性，不用我教你吧。」

「是，按發票上的店家調錄影帶查他的女朋友。」

「很好，外面雨沒停？」

「愈下愈大，老齊，輕度颱風麻雀在巴士海峽，氣象局預報一路往北偏，不登陸台灣，可是會帶來一個星期的雨，晚點八成發布豪大雨警報。」

「飛鳥坐我的車，天華開警備車，小蟲，小蟲你去何如春住處再搜查一遍，所有可疑的東西都帶回來。」

小梅捧薑湯站在外面。

「謝謝小梅辛苦煮薑湯，給飛鳥。飛鳥，喝完才出門。」

「我要出門了。」飛鳥不懂得感謝。

「等等，老丙，你看死人，會看活人吧，幫飛鳥瞧瞧。媽的，我去門外開記者會，小蘇，不用你陪，最要緊工作是盯住所有電話。待會兒的記者會我換台詞，嚇嚇下一個等著被殺的傢伙，非逼他出面不可。三天，今天過完了，還有兩天，就是後天，抓不到凶嫌，我們等著被媒體拿錄音機、麥克風追殺。」

除飛鳥，小梅也給了羅蟄一碗薑湯。她把碗塞進羅蟄手裡，什麼也沒說。齊富看到，老丙看到，飛鳥看到，也都沒說。

羅蟄懂事，兩手捧碗，每喝一口就喊一聲「啊」。

「喝湯別出聲，沒喝過薑湯？噁心。」

飛鳥對羅蟄所有動作皆不滿意。

6

再進何如春的分租公寓，雨下不停，羅蟄一進屋便打開窗，透出悶在屋內的潮氣。新莊分局派三名幹員協助，但事情並不如想像的麻煩，單身男大學生的重要物品不多，筆電、筆記，沒找到手機；透過網路買的廢物不少，看劇方便的手機架、用二、三次意思到了就棄置的腹肌訓練器、供在陽台鐵窗架的時髦半筒靴、全新的牛仔褲，七個宅急便用的紙箱堆在床尾，裡面都是淘寶賣的男生衣物。

查寄件日期，都是近兩個月買的。

何如春散財，計畫改頭換面從短褲涼鞋的宅男變身為型男。

找到一張信用卡，富邦的。他父親提過，為兒子辦的副卡，做為急用。另一張是郵局卡，他父親匯零用錢去的。天下父母心，何爸爸為兒子的北飄生涯付出極大的心力。

何文明一再說明不清楚兒子最近的支出為什麼增加，也沒聽過何如春提到女朋友的事。同樣，何如春屋內找不出女人待過的痕跡，連女用髮夾、浴帽也沒有。

電腦打開，沒設密碼，所有郵件找不出女人的足跡。常用網站以色情最多，其次是社群。他的社交生活屬於貧乏級，和羅蟄差不多。

何如春交到女朋友而花費增加？

仍沒找到手機！

何如春死在木柵指南宮，當地警局派出十多人分頭尋找，地毯式搜尋一天無功而返。凶手帶走何如春的手機。

再電何文明，問出何如春手機號碼，傳至刑事局請求追蹤。

雨下個不停，羅蟄一手撐傘一手拿何如春照片向住家周圍的攤商詢問，賣黑糖冰的、賣刈包的認出何如春。

「他很大隻，每次吃雙份，印象深刻。」

「我想想，阿春，對，阿春，很乖的學生，常來。有，有一次他女朋友叫他阿春我才記得他叫阿春。」

夜市沒監視器，攤商記不得那位女朋友的長相。

「瘦瘦的，一般女孩啦。」

雨大到市政府發通知至媒體與各里長辦公室，一個小時關閉淡水河流域所有水門，停在水門外的車輛若非自行移走，由拖吊車場拖走。羅蟄警車的雨刷沒停過，為安全以龜速返回解剖中心，山路上的採訪車撤光了，大概被公司改派去採訪大雨新聞。

羅蟄拿被雨水淋濕的紙盒，往會議室角落空桌上一扔，裡面是從何如春住處蒐出的發票、樂透簽單，他對好奇的同事說：「何如春期待的感情和性生活在裡面。」

飛鳥最高紀錄連打十三個噴嚏，副局長公務車的司機幾次勸她去醫院，被沒有誠意的謝謝拒絕。新北市社會局長下令全力協助警方辦案，身心障礙福利科燈火通明，科長領兩名大學剛畢業沒多久的社工員神情緊張地迎飛鳥進去。

藍月眉於十年前由新北市社會局協助送往淡水的北新醫院接受治療，住院六個月零三天，散步時失蹤，三小時後院方從淡水老街找回，當晚藍月眉割腕自殺，被救回。

「為什麼自殺？精神異常？」

「都有關係。」科長指電腦上的資料，「她每天喊兒子方平的名字，飛警官了解她的案子嗎？」

「我不姓飛，叫我飛鳥就好。一直沒找到她兒子方平？」

「這對母子的故事很長，先說藍月眉，她自殺未遂，沒有親人，我們沒辦法，醫院不肯再收留，幸虧立委幫忙，送去花蓮玉里的榮民醫院。」

「病況好轉了嗎？」

「更嚴重，院方說她天天想像兒子追來殺她，她要逃。後來輾轉送去屏東，我們這裡就不再追蹤，如果警官要她目前所在地，恐怕得等明天上班時間，我們問玉里，再問屏東。」

「方平呢？」

「他離家出走以後音信全無，列為失蹤兒童。警官也許不知道，台灣每年大約有七百名兒童失蹤。」

「七百名？去哪裡了？」

「缺少統計數字，大多被拐賣。」

飛鳥又打噴嚏。

「飛鳥警官，方平失蹤時已十一歲，應該不會被人口販子看上，又是男孩，我們猜他可能遇上壞人，被引上邪路地當流氓，販毒、詐騙。哎，失去家庭的孩子容易被人利用，走上不歸路。」

社工幫忙影印、裝訂，飛鳥帶走一大本藍月眉的社服轉診紀錄、協尋方平紀錄。當她回到會議室，將紀錄壓在裝發票的紙盒上時，忍不住再打了噴嚏。

齊富單槍匹馬出門接受記者採訪，他一改過去的保守，誇大凶手殺人的手法，並且虛張聲勢：「專案小組已掌握辦案方向，對凶手計畫攻擊的下一名對象也有初步的掌握，希望受到恐嚇的或知道凶手是誰的，立刻向專案小組聯絡。何如春一度想向警方爭取救援，差了一步，人命繫於一念之間。」

「下一名受害人是三天後嗎？」

「依我們的推斷，是。」

「聽說凶手和副局長有仇，殺人故意讓你難堪。」

「讓我難堪很容易，傳美女照片進我手機就行，你們認得我老婆就知道，她會賞我最高級的難堪。」

「為什麼副局長親自開記者會，飛鳥警官呢？」

「飛鳥警官太搶鏡頭，容易模糊你們的焦點。我五沒有：沒長相、沒腹肌、沒頭髮、沒錢、沒外遇，你們才會關心案情發展的正確方向。」

齊富不能滿足記者，打電話來報案的郤滿足守在訊息中心的小蘇，他接到一通求助的電話，聲音微弱，女聲。小蘇重放錄音：

「怎麼找你們？我害怕，能不能幫我保密？我爸媽還不知道。」

「去哪裡？那間派出所？知道。不用你們來接。」

「不要逼我，讓我想想。」

來電者用的是手機，號碼顯示在追蹤器，小蘇交代其他刑警持續追蹤，自己開車按照發電位址追去了。

因而應付完記者，齊富沒見到小蘇。

回到訊息中心的會議室，吃起延後五個小時的晚餐，齊太太送來的低糖低鹽低鉀低膽固醇的純素便當，齊富吃了兩口即放下，對老丙抱怨與其被連續殺人犯整死，不如好好吃幾口炸雞地膽固醇爆炸而亡。老丙聽懂意思，分了兩大塊肯德基炸雞給他，齊富以大喝「賊將休走」的關雲長斬文醜速度嗑得精光。

啃炸雞的同時齊富才知道小蘇去接可能為下一名受害者的女性，沒洗手即叩小蘇手機，指派電訊偵測車與偵一隊人車趕去幫忙，叫小蘇到了發信地點撥打求救女生的手機號碼，一旦鎖定確切地點，由偵一隊包圍拿人。

差了啃兩塊炸雞的時間，小蘇雨夜獨自追尋證人，接到齊富電話必然感受溫暖。

「必須快，不能讓凶手聽到風聲，他已經盯上下一名謀殺對象，說不定就在對象附近，放機靈點，她是餌，你是鉤，沉著冷靜。」

小蘇聽得懂齊富話中的含意，面對的除了報案者，可能還有躲在暗處的凶手。

偵一隊傳出的簡訊顯示於訊息中心的大螢幕：

小蘇，我們在後面，五百發子彈挺你，安啦。

小蘇到達目的地，站在雨中淋得渾身濕透，無論怎麼回撥對方號碼均無回應，對方關機了。電訊偵測車的同事無奈地擺手：

「對方關機，大概連SIM卡也拔掉，什麼也偵測不到。」

「手機號碼查使用者。」

「查到了，小蘇，你會不會搞錯號碼？」

手機號碼顯示為台北市議會連續六任市議員富基民，已近半夜，去敲富議員家的大門問他是否曾致電WMF菜刀連續殺人謀殺案專案小組？

打電話是女的，富基民是男的。

「去敲門，借他手機看通話紀錄。」偵一隊的口氣充分「死道友不可死貧道」。

小蘇鼓起勇氣上前。他快速地按電鈴，短促的兩聲。雖如此，鈴聲未停，兩名穿黑西裝上衣配圓領T恤的兄弟仔已從兩邊圍過來？

「找誰？我們沒叫消夜。」

「幾點了，按門鈴？你想怎樣？」

警察有時不得不謙卑地對黑道說：

「我是警察。」

石天華較幸運，一通電話即找到陳家福，對方客氣地說自己開車來，石天華堅持去接。

「這種天氣不能勞學長冒雨開車，專案小組所在地偏遠，給我半小時。」

因此當陳家福坐石天華的車見轉進辛亥路，見到第二殯儀館，見到雨中迷濛的煙霧時，幾乎以為專案小組設在火葬場。他開玩笑：

「選的好地方，這裡旺。」

車子在二殯前轉進山區，當陳家福見到路標上寫著「台北市相驗暨解剖中心」時，再次開玩笑：

「哇，見紅，發。」

車子駛進大樓，老丙站在廊下抽菸，陳家福再說：

「那不是常上電視的丙法醫？我回去一定買樂透。」

很難見到退休後如此樂觀的前警官。

齊富忙，收到最新訊息，天母派出所在中山北路七段巷子內找到何如春的機車。齊富當場和台北市警局聯繫，希望由台北市支援鑑識人員採集機車上的證物，台北市欣然同意。

石天華安排陳家福坐在角落的小圓桌，問要茶要咖啡？陳家福表示自己人，不必客氣。石天華堅持泡茶，他帶來文山包種茶，不想試丙法醫的千年茶包。

陳家福安坐於專案小組的訊息中心，長會議桌面擺滿電話機與電腦，桌下密密麻麻讓螞蟻翻山越嶺健身的電線，電話聲此起彼落，刑警跑來跑去，不影響他從容的態度與嘴角上揚的微笑。整齊的西裝、皮鞋說明如今他在冷氣辦公室上班，好奇地東張西望說明他對警察工作不曾忘懷，見到齊富，立刻起立敬禮喊長官好又表現他退休沒多久。

兩年半前寧可放棄升官機會也選擇退休，如今在電子公司擔任安全部經理，手下十二名安全人員，確保開發新晶片的內容不外洩。

他不是不喜歡警察這行業，而是三個孩子壓得他喘不過氣，提早退休後領終身俸和電子公司薪水，收入是過去兩倍，大兒子能去英國念書，大女兒能毫不膽怯地申請香港中文大學，小女兒的暑假遊學旅費不再增加老婆額頭的皺紋。生三個孩子不辛苦，辛苦的是他們長大後面對的競爭。

「和我們父母養孩子的那一代不同了，消費提高、孩子對未來的期盼提高，我們對他們的投資相對提高，我老婆記下老大成長的開銷，他二十三歲，已經花掉一千萬，難以想像對嗎。」

石天華笑著聽陳家福退休轉行後的心得，提到孩子，陳家福猛然想起那年的車禍。

「天華，對不起，我講多了，沒其他意思。」

「我的車禍這麼有名，無人不知啊？」

這時來個濕淋淋的年輕便衣刑警將黑色紙盒重重擱在桌面，石天華介紹：

「羅蟄，大家叫他小蟲。」

「小蟲不是乩童警官嗎？久仰。」

羅蟄虛偽一下，急著去換衣服。

當石天華和陳家福好奇地看面前的盒子，猜想裡面是哪種甜點時，兩疊牛皮袋裝的資料重重摔在羅蟄的盒子上。

「飛鳥，這位是陳家福學長。」

「哇，你們專案小組都是名人，飛鳥小學妹常上電視新聞。」陳家福的確懷念當警察的日子。

飛鳥沒機會虛偽，她再打一個意圖傳染病菌的大噴嚏，不收拾善後地也去換衣服。

當飛鳥進老丙慷慨出借的辦公室時，羅蟄恰好脫下內褲，飛鳥沒多看，她背對羅蟄也脫下內褲，羅蟄也沒多看。

他們日後必會回憶這段交錯的人生，相信兩人顧及顏面的說法一致：不都是屁股，有什麼好看！

陳家福仍坐在圓桌旁，再一名警官走來，將一隻手機擲在桌面上、紙盒上的牛皮袋上。舊款蘋果手機，小小的，銀粉色護殼包住。

「小蘇，鑑識科的。陳家福學長。」

「學長好，副局長咧？」

「怎麼？」

「他沒警告我市議員富基民是角頭，差點和兄弟仔幹架。」

「所以你想找副局長討公道？」石天華的聲音沒有抑揚頓挫。

「年輕一代的果然不一樣，我們見到齊老大一律敬禮認錯。小蘇，我代表退休警務人員支持你。」陳家福的口氣令人想即日起退休。

小蘇不敢回應。

「還好偵一隊全副武裝趕來，和富基民的小弟僵持一陣子，我差點變成人質。」

「說法有點誇張。」

「報案女子的手機在這裡，富基民說手機是他以前用的，很久沒用，送我們。他記下我名字揚言找台北市警局長理論警察騷擾老百姓的妨害自由問題。」

「小蘇，」陳家福笑，「你被市議員吃豆腐了。你屬於刑事局，立委管得到你們預算，市議員只能管市警局的預算。」

「是喔。」

「下次市議員對你要狠，不必甩，嗆回去。」

「陳學長好，你也調來專案小組？」

「陳家福，你退休了，別教壞小朋友。」

陳家福此時起立敬禮。

「副局長好。」

齊富緩緩走到他面前，摸摸英國毛料的西裝領子，撣撣英國毛料的西裝袖子，伸手拍拍英國毛料西裝內凸出的肚子。

「日子過得不錯？科技公司上班，分多少股票？兒子去英國沒？搶英國銀行的英鎊，和台幣比一比三十多對吧，搶一家抵三十家，划算。」

陳家福試圖回答之前，笑得西裝釦子眼看即將迸飛。

「小蘇，我和富議員聯絡過，那隻手機他女兒用的，不過女兒不肯說為什麼打電話給我們，你再去一趟，如果是她，馬上接回來。別不高興，你的任務沒完成，馬上去彌補。」

小蘇繃起臉孔地出去。

打在窗戶雨棚上的雨聲吵得人定不下心，羅蟄與飛鳥也搬椅子坐過去，一人左，一人右，中間隔著其他三人。

「怎麼了，案情膠著無法突破？你們沒主意？別把期待寄託在小蘇接回富議員的女兒上，一條線永遠不夠。」齊富安慰性地表示他的不滿。

悶，外面的雨，室內的躁，燈光不夠亮，連報案電話也沉默。

「給家福上茶上咖啡上紅豆湯，人家是客人，是證人，怎麼待客的。」

齊富笑著看陳家福。

「說說十年前的菜刀案，沒破案，沒結案，你好意思退休！」

「是，長官罵得好。」

「現在沒資格罵你，你是死老百姓了。」

「長官看過當年的資料？」

「看了，關鍵在刀柄指紋不清楚，你們鎖定的唯二嫌犯，媽媽精神異常，兒子還小而且失蹤，身為警察居然不想法子找到人，把案子流當掉，不像話。你來了，外面刮颱風似的，逮到凶手前沒人好意思回家睡覺！既然閒著，你說說看，當聊天。」

陳家福收起笑容，眼神飄得很遠。

警方推斷凶案發生經過——：

宋守成與藍月眉做完愛後至廚房打開冰箱取出可樂喝（現場留有空百事可樂寶特瓶），藍家大門未鎖（鄰居朱阿姨說詞），凶手進屋與宋守成發生口角（藍月眉稱當時她睡得很熟，未聽見任何人聲或打鬥），順手抓起爐台旁的菜刀刺入宋守成心臟。見宋守成死亡，即以衣物擦拭刀柄，以致警方採集到的指紋均模糊，無法比對。

疑點：凶手殺人後理應儘速逃離現場，為何費時間戳破宋守成的靴子與工具包腰帶？仇恨至此程度？

經調查，宋守成為水電工，但個性懶散，鄰居對他的評語不佳，證人指稱宋守成修過的水管仍會漏水，換浴室水龍頭前居然忘記關自來水總開關。除工作留給顧客不好的印象外，宋守成別無仇家。但他嗜酒，常簽賭，偵辦人員一度懷疑他欠賭債而惹禍上身，不過未找到證據。

若當時藍家大門未關，不明人士經過興起行竊之心而潛入，進而殺人的可能性不低。警方一再搜查，藍家室內並無其他可疑的手印、腳印、毛髮。鑑識人員曾說，這幾年的辦案經驗，冰箱是證物最多的地方，因為許多人把現金或家裡值錢的珠寶、飾件收在冷凍庫內。藍月眉家的冰箱只採集到藍、宋、方三人指紋，無其他人，冷凍庫無值錢飾品，塞得滿滿的冷凍水餃亦未失竊，小偷的可能性被排除。

警方推斷凶案發生經過二：

藍月眉於做愛後其實未熟睡，她與宋守成發生口角（據鄰居供稱，兩人經常為宋守成不肯分攤房租而大小聲），一時憤怒失去理智，順手抓起菜刀刺殺宋守成，事後擦拭刀柄上的指紋（廚台上未發現抹布）。

唯藍月眉身高一五七，體重四十七，怎有氣力將那把不鋒利的菜刀筆直刺進當時應處於清醒狀態中的宋守成胸口？警方亦檢視藍月眉身體與衣物，腳底踩到宋守成的鮮血，其他部位均無。浴室與毛巾亦無血液反應，尤其迫使警方不得不放棄藍女為凶嫌的主因是戳破死者靴子與皮帶的刀子和凶器無關，可見另有人以另一利器所為。

警方推斷凶案發生經過三：

做愛後藍月眉與宋守成發生口角，方平恰好回家，持刀刺殺宋守成，他雖僅十二歲，力氣有限，若藍月眉協同使力，仍可使菜刀順利挺入體內切斷宋守成動脈。

事發後藍月眉擦拭刀柄，要兒子方平逃離現場，這是方平失蹤的原因。

經多方追查，一直找不到方平，也就無從查證。

警方推斷凶案發生經過四：

藍月眉不只宋守成一名男友，當天該男友闖入殺死宋守成，藍月眉見狀大驚，乃擦拭凶刀之指紋，這是兩小時後她才刻意驚叫引來鄰居朱阿姨為其報案。

首先抵達現場的派出所巡邏員警曾稱朱阿姨之夫朱壯雄神情有異，且指出凶刀原應在廚台靠洗碗槽處，懷疑他經常出入藍家或人在命案發生的現場，可能與藍月眉有染。經過刑警偵詢，未偵得朱壯雄足以涉嫌之證據。朱壯雄亦表示，他只是多嘴，認為一般人家之菜刀多置於水槽旁而已。

「謝謝家福，問題回到菜刀和指紋，看來舊案不一定能幫我們對付菜刀殺手，不過舊案能激發靈感。天華，把證物袋的照片貼在白板。飛鳥，請老丙輕移他的蓮步出他的寢宮參加我們的會議。」

齊富忘記專案小組另一成員小梅，她一手一碗紅豆湯送到小圓桌，前後跑三趟。

「忘記介紹，丙法醫的助理小梅，本來是丙法醫的大內總管，現在兼任專案小組的後勤部長。小梅，麻煩妳了，這是家福叔叔。」

口罩上方的圓眼珠沒看齊富，沒看陳家福。

「小梅，紅豆湯妳在哪裡熱的？」

「解剖室的微波爐。」

「呃，老丙消毒他一堆解剖刀具的微波爐？」

「小梅逗你的。」老丙出現。

老丙不願錯過紅豆湯。

石天華沒吃紅豆湯，他盯著白板上的照片看。

「有點奇怪。」

他指其中一張照片，朱阿姨摟著披薄被的藍月眉。

「說。」

「朱阿姨和藍月眉很熟嗎？」

「不熟。」陳家福接話。「朱阿姨說平常碰到點頭而已。」

「朱阿姨被藍月眉的叫聲吸引進了藍家，當時藍月眉沒穿衣服？」

「對，朱阿姨說的。」

「學長當時寫的報告有一段，朱阿姨老公——朱什麼？」

「朱壯雄。」

「朱壯雄聽到他老婆的叫聲也趕去藍家，見藍月眉赤裸，多看幾眼，朱阿姨進屋拿薄被給藍月眉披上。」

「對，朱阿姨說的。」

「朱壯雄從頭到尾只多嘴地說了菜刀本來應該放在水槽旁。」

羅蟄湊到白板前看，沒想到飛鳥也擠到他旁邊。

「小蟲，飛鳥，你們覺得怎樣？」石天華問。

「宋守成家暴，藍月眉右大腿烏青，宋守成打的。」

「飛鳥眼力好。」

羅蟄指同一張照片，藍月眉椅子下是看來沒有花色吃麵條用的白色大碗。

「碗在藍月眉腳旁邊，朱阿姨坐在沙發，藍月眉坐的椅子和廚房前面小桌子的另一把椅子同一款式，說明椅子從廚房移來的。」

「很好，有意思了。」齊富拍手。

「朱阿姨聽到尖叫而進藍家，見廚房死了一個赤裸的男人，尖叫引來朱壯雄，報警後搬來餐桌旁椅子讓驚慌的藍月眉坐下，進臥房拿薄被替藍月眉披上，派出所警員於七分鐘後抵達。」

「七分鐘。」陳家福點頭補充，「派出所的勤務記錄上寫得清楚。」

「大碗，不在桌上，不在水槽內，在藍月眉腳旁，家福學長，你記得當時碗內是什麼嗎？」

「空碗。懂了，小蟲，我幫你說下去。」

齊富對陳家福做個「請」的手勢。

「想起來，我差點踢到碗，朱阿姨撿起碗交給朱壯雄，說是她家的碗，當時我沒在意，七分鐘內，朱阿姨不可能回家盛了碗湯或水再過來給藍月眉喝，並且藍月眉喝得精光。朱壯雄自稱聽到朱阿姨叫聲才過去，沒說朱阿姨曾先回家一趟。」

「等等，停在這裡，我們理一下思緒。」齊富說。

「不是水。」飛鳥不肯整理思緒，「你們看這一張，藍月眉家的水瓶裡明明有大半罐的水，不需要朱阿姨從她家拿水到藍月眉家。」

「朱阿姨說謊。」羅蟄下結論，「為什麼說謊？」

「她和藍月眉很熟。」石天華說。

「藍月眉見到宋守成被殺，驚嚇後找了朱阿姨。」羅蟄說。

「朱阿姨過去看到屍體，藍月眉害怕，她回家熱碗湯給藍月眉喝，喝完就擺在腳旁。」石天華說。

「朱壯雄說不定幫忙熱湯，說不定拿湯碗過去的是他。老男人，見到不穿衣服又嚇得發抖的女人，難免英雄感作祟，參與保護藍月眉的計畫。」輪到老丙說。

「不穿衣服的凶嫌，老丙，多有畫面是吧。」輪到齊富說，「朱阿姨夫妻像老實人，大概也嚇壞了，朱阿姨相信藍月眉沒殺人，三個人商量怎麼辦，花兩個多小時才報警。」

「想到了，」輪到陳家福說，「我記得詢問朱壯雄都由朱阿姨搶著回話，朱壯雄只講一句，一直抖腳捏手……給我一分鐘。」

陳家福閉起眼，其他人安靜地等他再睜開眼。

「天華，資料袋裡其他的照片呢？」他睜開眼。

石天華將資料遞去，陳家福把其他照片倒在桌上，一張一張地找。他找到一張貼上白板。

「我們拍了藍家每個角落，這張是廚房的料理台，左邊瓦斯爐，往右洗碗槽，中間堆了……我看看，碗、湯鍋、盤、炒菜鍋，左邊的湯鍋後面牆上釘了長條金屬掛鉤架，上面有——」

「湯勺、烤肉用的夾子、打蛋器、鍋鏟。」飛鳥搶著說。

「哈哈，大家眼力好，我什麼也看不清。」齊富掏出老花眼鏡。

「而且，你們看夾子，夾嘴黑的，常烤肉。」飛鳥說。

「家裡有小孩怎能不烤肉。」齊富回憶他兒女還是小孩時的快樂。

「打蛋器。你們男人不煮飯不知道，女人知道，很多人用筷子打蛋，如果做蛋糕，就要用打蛋器，容易打勻。」

「很好，結論？」

飛鳥看了石天華一眼。

「副局長，藍月眉平常煮飯，鍋子、夾子用過很多次，還有飛鳥說的打蛋器，她還做蛋糕。既然常煮飯，她家不可能只有一把菜刀。」石天華說。

「還是水果刀。」飛鳥說。

「家福有話要說。」齊富沒讓飛鳥晦過頭。

陳家福嘆口氣，起身脫下西裝。

「要是當時我有你們這些夥伴就好了。對，她家怎麼可能只有一把菜刀，再不煮飯的也會有好幾把，其他的刀呢？」

大家任由陳家福再嘆一口氣。

「朱家倒有很多刀，當天初步偵訊完畢，我扶腳步走不穩的朱壯漢回他家，朱阿姨急著先去開門，我沒停留，可是我看到朱阿姨身後的廚房，她們兩家的格局一樣，朱阿姨愛乾淨，料理台收拾得整齊，忘了三把還是四把一組的立式刀架插了刀，而且刀架前面堆了另外幾把，對不起，不記得幾把，恨哪，偏偏我們沒拍朱家的照片。」

所有人看齊富，可是齊富扁著嘴兩眼發直。

「現在可以輪到我了吧。」老丙說話。

齊富像突然醒來：

「沒人不讓你說，有屁快放。」

「小梅，沒事了，妳先回去，我陪這幾個鬼。」老丙朝小梅揮手，「記得叫台灣大車隊的車，門口警衛會記車號。」

老丙將一張沒有色彩的照片貼到白板，

「驗屍報告裡面宋守成致命的傷口，我說過肌肉一旦被切開不會自動復合回去吧？驗屍報告馬虎，以前的法醫啊。」他指傷口，「見到沒，不是一道傷口，兩道。」

「兩道，驗屍報告上寫的也是遭凶手於同一部位刺了兩刀。怎樣？」陳家福沒懂。

「家福，兩道傷口與兩道幾乎重疊的傷有很很差別，無論凶手是多會使刀的專業殺手也不可能兩刀刺在同一位置。你們看這裡，傷口像不像英文字母的Y。」

老丙停下話，啜口已涼了的紅豆湯。

「說，不然明天強制送你去健康檢查，天天紅豆湯、紅豆麵包，不信你沒糖尿病。」

「為宋守成命案我悶了十年，丙法醫別吊我胃口。」

即使陳家福新加入專案小組，也嫌老丙的不乾不脆。

「不管藍月眉、她兒子方平、她鄰居朱壯陽——朱壯雄、朱壯雄的老婆，不管哪一個，凶手拿菜刀一刀刺死宋守成，事後凶手或共犯拿走凶刀，把水果刀從原來傷口插進去。凡走過必留痕跡，第二刀下去多少會造成新的傷口。」

「和丙法醫檢驗連續殺人案何如春的屍體一樣？」羅蟄急著問。

「對。」

「老丙總算吐出人話，一，凶手可能不只一人。二，凶刀可能在朱家。」

十年前的案子，涉案者無論藍家、朱家，盡是老弱婦孺，他們是凶手？而且十年後其中一人難忘殺人的快感，搖身變成連續殺人犯？

「藍月眉進療養院，查她人在哪裡。方平失蹤，請社會局查。朱家夫妻嫌疑最大，尤其五十出頭還是一尾活龍的朱壯雄。」

「報告副局長，」陳家福舉手，「朱壯雄過世了，三年前，派出所打電話告訴我，死因是心肌梗塞。」

「好吧，朱壯雄死了，沒辦法，其他三人都有嫌疑。」齊富聲音宏亮地分派命令，「天華陪家福去朱家，小蘇，欸，小蘇的人呢？」

齊富手機響。

「小蘇，人呢？」

齊富臉上的肌肉慢慢下垂。

小蘇趕去富基民家，他女兒富欣穎不見了。

7

富基民說不知道女兒欣穎去哪裡，從高中起他便管不了欣穎，他太忙而且孩子太多，三位老婆生下十一個子女，欣穎排行第七。

市議員沒有官邸，富家比官邸更像官邸，圍牆將近兩個人的高度，裡面修了庭院，中式的小橋流水配日式的石燈籠。大老婆與二老婆住家裡，小老婆芳齡二十七，不肯住這種老房子，她喜歡高樓。

平均幾個月換一支手機，六十八歲的富基民不服老，什麼東西都選時髦的，淘汰下的手機有的被兒女拿走，有的分給助理。

警方循手機找上富家，富基民一氣之下向欣穎要回手機交給小蘇，欣穎也一氣之下離家出走。果然父女。

「正常啦，過幾天自己回來，跟她媽媽一樣。」富基民對欣穎的失蹤似乎不太在意。

大雨，富欣潁會去哪裡？

「我哪知，你警察還我警察？」

孩子太多的壞處，感情距離遙遠。

小蘇當然不敢空手向齊富報告，堅持與二媽聊聊，不料她對親生女兒的私生活絲毫不了解，因為她生了六個子女。

得到二媽同意，搜索欣潁房間，沒有不尋常的物品，她實踐大學三年級學生，二媽不知道女兒交友狀況，沒見過女兒任何一位朋友。

大雨，小蘇猶豫回專案小組見到齊富擺出鍾馗的臉孔無助於放鬆情緒，轉到刑事局找同事檢視欣潁手機內的訊息，運氣不佳，剩下的內容有限，幾百張照片，幾十張合照的朋友面孔，其中一張是最近的，引起小蘇的好奇，遺憾，她和似乎男朋友的對象摟在一起自拍，可是男朋友的臉閃動而模糊不清。查拍攝日期，六月初。問同事能不能將男子的面孔調得更清晰，

「要花時間，我試試看。」

他回到解剖中心，紅豆湯涼了。

石天華幸運得多，陳家福協助下，很快找到當年宋守成命案的公寓，五層樓，藍月眉住一樓，當初房東收回去想出售，因為凶宅乏人問津，只得花錢改裝再出租。現住戶是一對南部上來的夫妻，從早到晚忙著賺錢付房租，早早睡覺。

幸好警方不是來看凶宅，未按他們的門鈴，而是拜訪隔壁的朱阿姨。

派出所先打電話徵詢刑警來訪的事，雖然同意，看來臉色不好。她和朱壯雄只有一個孩子在美國念書、就業、成家，近三年幾乎沒回台灣過，朱阿姨身體好，不在意十二個小時的航程，她去。一個人住並不寂寞，待在金山大半輩子，四周的鄰居、店家沒有不認識的，身體不好去台北看病，前一晚問問哪家去台北，就有便車可搭了。

她四平八穩坐在朱壯雄留下的仿明式太師椅內，大概沒打算提供茶水。陳家福究竟細心，路經不打烊的便利超商特地買了雞精禮盒奉上，但朱阿姨對雞精興趣不高，一再強調她早和藍月眉沒聯絡，上次聽說她的事，還是社工替藍家收拾家用品順便和她八卦一下。

陳家福耐心地陪朱阿姨聊天，剛過六十四歲生日，朱阿姨抱怨市政府不降低老人優惠悠遊卡的年齡，

「人家大陸六十歲到哪裡都打折，有的免費，我們為什麼六十五歲，你們警察向市政府反應，連老人年金也砍掉，他們能保證我活到六十五啊。」

老人福利是種使她急於年老的誘惑。

石天華站在一旁打量室內，客飯廳加一起大約十坪，果然打掃得乾淨。當然，石天華尋找的是菜刀，他一眼即看到，插在菜刀架上，容易認，三把菜刀，兩把長方形中式的，另一把則西式的，刀鋒較為細長。按理說老人家習慣中式菜刀，不太會用西式的。

見到刀，可是難以確定是不是藍月眉的，該怎麼問朱阿姨呢？

陳家福老練，不廢話地起身進廚房拔出那把令人好奇的菜刀，回到客廳伸至朱阿姨面前以丹田出力，用近乎帶有回音的腔調問：

「這把菜刀是誰的？」

沒有前奏的驚訝，沒有培養情緒的推拖，朱阿姨直截了當地大哭：

「不是我的！」

朱阿姨被尖叫聲喚去隔壁藍家，宋守成赤裸躺於血泊中，藍月眉光著身子哭泣，豐滿的乳房一直上下左右地顫動，她怎麼不穿衣服。朱阿姨嚇得倒在地板，她記得明明不想看屍體，可是眼睛怎麼也移不開，不知隔了多久，是藍月眉扶她起來。

那時朱阿姨五十四歲，在金山著名的一處大社區當總幹事，處理住戶間的糾紛、應付政府單位的檢查很得心應手。定下心情後她問藍月眉：

「妳殺的？」

「不是，我起床，他已經躺在那裡。」

「妳家還有誰？」

藍月眉無助地看四周——

「小平不見了。」

好心的朱阿姨回家端來雞湯，朱壯雄問什麼事，朱阿姨說沒事，因而當時朱壯雄並未去藍家。

藍月眉喝了湯，精神較安定，朱阿姨也想了些可能性，她認為是方平殺的，藍月眉最初不回答，追問再三後她坦承小平與宋守成相處得不好，小平好幾次問她是不是要嫁給宋守成，如果嫁，他不願意跟他們住一起；如果不嫁，他不要宋守成再進他們家。

十二歲的方平怎麼殺四十多歲身強體壯的宋守成？朱阿姨沒有答案，她當時沒有主意，還是藍月眉護子心切地想出辦法，她上前拔出插在宋守成胸口的菜刀，要朱阿姨幫她把屍體搬到巷口垃圾堆。死人怎麼能丟垃圾堆，附近誰不知道宋守成是藍月眉的男朋友。更糟的是藍月眉拔出凶刀破壞了現場，更逃不開警方的懷疑。朱阿姨恰好見到水果刀在手邊的料理台，叫藍月眉將水果刀插進傷口。這樣可以推說不知誰殺的，藍月眉一起床便看到宋守成被殺了。

殺人的刀該怎麼處理，朱阿姨慌得拿起刀，才想到她的指紋也在刀柄。

藍月眉身上當然沾了血，進浴室沖了澡，沒想到出來又踩了一腳的血。這時朱壯雄好奇地過來找老婆，見到藍月眉赤裸的身體愣了愣，朱阿姨把凶刀與藍家其他的刀子用毛巾捲了交給朱壯雄帶回去，要老公找地方藏好。朱壯雄比他老婆更慌，把刀全放在廚房的刀架前。

由朱阿姨打手機報警，派出所員警很快到達，那時宋守成已經死了兩個多小時，藍月眉與朱阿姨也忙了將近一個小時。

「方平呢？藍月眉沒告訴妳怎麼找他？」

「她也不知道。」朱阿姨哭著說。

「藍月眉有什麼親戚好友的？」

「有，後來她都問過，沒人知道小平下落。她覺得宋守成被她害死，小平被她害得變成殺人犯，天天哭要自殺，我們沒辦法，社會局志工送她去精神病醫院。」

「妳去探過她的病嗎？」

「我們家的死老朱陪我去過一次，她一直哭，後來老朱不讓我去，他嚇到，不要我們再攪進藍家的殺人事情。」

「確定藍月眉認為她兒子方平是凶手。」

「本來我亂說的，後來她一直這樣說，她說看到門口被切碎的鞋子和皮帶就知道是小平殺人。」

朱阿姨不停地哭，石天華抽空傳簡訊，二十分鐘後齊富得到刑事局長、警政署長、內政部長與檢察官的同意，對失蹤多年的方平發出刑事通緝令。

通緝令缺少詳細資料與照片，憑十二歲少年的照片尋找如今二十二歲的青年，齊富不樂觀，他在手機中對石天華交代：

「你就近查方平以前就讀的學校，有多少算多少。」

隨後齊富轉身對睡在折疊式涼椅上的丙法醫說：

「老丙，兩把刀一個傷口被你說中，如果第一刀是方平刺的，第二刀是他媽媽藍月眉刺的，你猜只方平算凶手，還是兩人都算凶手？」

老丙翻個身：

「副局長，你刑警，難道不清楚兩個都跑不掉。」

「嘿，老丙我當初說對了，雙重謀殺，第一個凶手殺一次，第二個凶手再殺一次。男人，偷不得女人唷，被砍兩次，令人發毛。如果加法醫的解剖刀，殺三次。好吧，我們忘記第三次，不起訴法醫。」

「案子破不了，自嗨個什麼勁。」

「自嗨？」

「藍家那把也是ＷＭＦ？」

齊富瞇眼看手機螢幕。

「不是。Vita Craft，媽的也是外國刀，聽過嗎？」

「菜刀的事別問我，知識有限。」

「刀刃也長二十公分，不鏽鋼刀柄，和ＷＭＦ一樣。」

「恭喜凶刀找到堂兄弟。」

雨下不停，台南市區淹水，高雄一定淹，高雄淹水，屏東更一定淹。台灣禁不起豪雨，平均一年雨量二千五百公釐，世界平均值的三百倍。大門警衛回報，路樹倒塌阻絕下山的路。

「老丙，路斷了，誠所謂屋漏偏逢連夜雨呀。」

老丙沒回答。

穿睡衣的飛鳥興沖沖地走來，

「老大，找到藍月眉了，我馬上去屏東。」

「這麼晚，路斷了，明天再說，妳請屏東警局刑事組的阿國幫忙去問問，他以前待過刑事局。」

「路斷了？」

「妳早點去睡，刑警的健康是我副局長的幸福。」

齊富用力地打量飛鳥的睡衣，短褲背心：

「妳穿這樣睡覺？羅蟄未婚，未婚很多年囉。」

「他下山了。」

「我怎麼不知道？」

「天華哥和家福學長一走，他說去找李蘋蘋爸媽也走了。」

「打他手機，有事電話回報，今晚別回來，萬一再土石流什麼的，開車不安全。有吃的沒？」

「小梅好像回家了，廚房有泡麵。」

「我自己來。」

羅蟄本來想回報專案小組，可是李蘋蘋爸媽沒提供有用的線索。他們知道蘋蘋有男朋友，見過一次面，沒想到對方已婚，李爸爸不高興好幾天。

「他害死我家蘋蘋對不對？不然蘋蘋怎麼會死。女怕嫁錯郎，她男朋友長得倒楣相，蘋蘋真是啊！」

談話過程中李爸爸始終未出聲，當羅蟄起身告辭時他才開口：

「女兒就是讓人擔心！」

語氣中帶著未生兒子的懊惱。

回辛亥路途中，興隆路罩在大雨中，雨刷雖然火力全開，視線仍然不清楚。接到飛鳥簡訊，不能回解剖中心，回家吧，好幾天沒回去了。

石天華在門口等他，淋成落湯雞。

「上不了山，到你這裡擠一下，不會不方便？」

「不會。」

領石天華進屋，羅蟄住的是永和小巷子內的舊公寓，兩個房間，不過其中一間被他堆滿雜物，石天華不講究，找床毯子往沙發一鋪，進廚房切起芒果。

「你這裡的菜刀也不少。」

「逛大賣場，一買一套。」

「刀子不錯，有主廚用的尖刀，我看看，可惜不是ＷＭＦ，雙人牌，也是德國的，好刀。」

他端兩個盤子出來，分一個給羅蟄。

「夏天最好是芒果。」

「你指頭怎麼了？」

「雙人牌鋒利，割了手。沒事，冷水沖沖，不再流血，連消毒也免了。」

「菜刀，凶手腦子裡想什麼？」

石天華躺進沙發，

「小蟲，一直一個人？」

「兩個人過，如今一個人。」

「不肯安定下來？」

「不是，沒女生願意長久跟我一起。」

「為什麼？警察待遇不好，你沒房沒車，不具吸引力？」

「我當過乩童。」

石天華悶了好久。外面雨打著玻璃，明明氣溫下降到二十五度，還是得開冷氣，除濕。

「女人很難相信乩童？」

「怕，乩童對她們來說太神祕。」

「沒想到乩童讓女人害怕。」

「有個女人不怕。」

「那為什麼分手？」

「不怕的女人有其他的問題。」

「赫，你挺麻煩，人生坎坷外加個性頑固，還沒房沒車沒千萬存款。」

「等著廢。」

「樂觀點，我失去妻女不是又回到第一線。」

「不一樣，你是失去，留下回憶，我連得都沒得到，不是喝空的酒瓶，是沒裝酒的酒瓶。」

「別把自己說成和尚，你是乩童而已。有酒嗎？」

石天華起身到處翻，找出一瓶連羅蟄也不知它存在的噶瑪蘭威士忌。

「陪我喝兩口再睡覺。」

他們以雨聲配酒，石天華說了說宋守成命案。

「所以我們目前鎖定的凶手是當年十二歲的方平和他住進療養院的母親？」

「藍月眉確定在屏東，精神疾病，不像能用前一名死者指紋殺下一名死者的智慧型連續殺人犯，她被關在療養院，她的不在場證明有幾十名人證。副局長對方平發通緝令了。」

「相隔十年，現在不知長成什麼樣？」

「說不定和我們一樣，對著豪大雨喝酒，從屋外濕到肚腸裡。」

「學長，你辦案經驗豐富，凶手他想做什麼？」

「恨。」

「宋守成已經被他殺了，還恨什麼？為什麼存心衝警察而來，之前和警察有過節？」

「恨沒消哪，沒有對象發洩，找上我們。」

「小男孩離家能去哪裡？」

「人，總有生存下去的辦法。」

「也是。」

「你當過乩童，沒有感應。」

羅蟄晃著杯中的酒，

「有，找時間得替丙法醫的解剖室做做法事。」

「不乾淨？」

「死的人捨不得離去。」

他們沒再說話，羅蟄打算回房去睡覺，忽然石天華說了一句：

「警察，背著過去未解懸案的荒野孤魂，像我、像齊老大，像你像飛鳥，我們也捨不得離去。」

「當了刑警，很難轉行了，家福學長幸運。」

羅蟄收拾盤子，聽見石天華帶著睡意的聲音：

「你沒注意呢，還是我太老，老得看不懂現在的女生？」

「什麼意思？」

「丙法醫的助手小梅喜歡你。」

「別開我玩笑。」

「小梅不錯，你試試看。」

「謝謝學長的鼓勵，早上我找花店買玫瑰。」

「飛鳥也喜歡你。」

「下雨的半夜不宜開玩笑，太冷。學長晚安。」

羅蟄步回房間，將自己摔進床鋪，他們還有一天或一天半的時間，即使找不到方平，說什麼也得找到富欣頴。

8

大雨下掉一整天，包括下掉這一天內原本可能發生的事，小梅答應丙法醫的她外婆拿手的豬腳便送不上來，飛鳥去不成屏東見藍月眉。專案小組困於二殯上方的中埔山山腰，刑警容易對付，有什麼吃什麼絕不抱怨，準備的泡麵足夠應付，法醫嬌生慣養，老丙從醒來便抱怨不停，齊富客串廚娘，熱水沖了一大碗泡麵。

「家裡有老婆，解剖中心有小梅，你給寵壞、養壞了，再挑嘴嘛。」

「泡麵如果加點榨菜、辣椒醬、一顆煮得黏乎乎的水噗蛋，更像人吃的。」

「老丙——」

「別講粗話，夢想，純粹對泡麵的升級版夢想。做夢不犯法吧。」

山下的小蘇、天華、羅蟄與飛鳥保持聯絡，尋找富欣潁刻不容緩。小蘇追到大直的實踐大學，問出她要好的同學聯絡方式，傳出可能朝好消息發展的消息：

「欣潁?昨晚我們通過Line啊，她說這兩天悶，想去海邊走走，我不能陪，她大概找其他朋友。」

「海邊，哪裡？」

一再追問之下，小蘇馬上回報飛鳥，飛鳥立刻通知石天華去支援，她沒叫羅蟄支援。說不定飛鳥喜歡年紀大的男人。

齊富不客氣地跳過新北市警局，電話直接播到新北市石門區的老梅派出所所長桌上，聽到齊富的聲音，可以想像所長跳起來立正的樣子。

體溫與心跳急速上升，遭到雷擊的樣子。

石門的麟山鼻突出於台灣海峽中，與相距不遠的富貴角皆以風稜石的海岸地形著稱。風稜石是海岸岩壁長年受風侵蝕而產生一面或多面像被人工磨過的光滑面，天然的石雕。

當地主要產業是一處已因休漁期而顯得沒落的漁港，與一度受土石流破壞的白沙灣海灘，另外近年亦開發出幾處小規模吸引觀光客的露營區，其中占地最大的一處重建過去台電的長方形水泥房舍，因此露營外，也能避風避雨地住進旅舍內。

同學說，富欣潁幾個月前去了一次，覺得那裡很清靜，之後邀同學去，可是時間始終對不上。

老梅派出所不到十分鐘即回電，麟山鼻營區確有一名房客名叫富欣潁，這種天氣，她是唯一的房客。

麟山鼻營區兩個出入口，一處面對狹窄的山路沿海邊通往麟山鼻漁港，已經請漁港的海巡人員支援封鎖出口。另一個是從白沙灣往風稜石的觀光道路，筆直朝北至休憩區停車場前左轉，老梅派出所一輛警車擋在入口處，無論誰進出一律酒測並錄影傳送台北市解剖中心核對身分。

這麼大的雨，一大早搞酒測，有點不夠愛民。

飛鳥不知道石天華在羅蟄家過夜，所以趕去麟山鼻的是石天華與羅蟄二人組，他們在狂風驟雨的海岬旅舍一樓接待處見到富欣潁。

她用橡皮筋將長髮綑在頭頂中央，穿不為表現身材也不計較流行的一件式長睡衣。和漂不漂亮無關，說不出來，羅蟄傳給齊富的涉嫌人描述：

容易使人想起枕頭的女孩。

傳照片來。齊富回。

石天華負責偵訊，很費勁，一看即知富欣穎的情緒低落，怎麼也不肯開口。羅蟄繞過飛鳥直接請示齊富：

「老大，帶她回專案小組嗎？」

「市政府工務局派了人員清理路障，下午可以通，帶她回來。」

「這樣好嗎？」

「什麼意思？」

「前一名死者何如春的屍體在解剖中心，如果富欣穎果真是下一名死者，兩人湊在一起，不太妙。」

「何如春死透透了，有什麼不妙？」

手機內一陣雜訊，齊富降了音量。

「前面五具屍體，四具都死於前一死者指紋的菜刀，富欣穎的前一名死者是何如春。」

「廢話。小蟲，說說你的看法。」

「我覺得麟山鼻不錯，風雨中與人群隔離的海岬，警方封死出入口，凶手進不來，我們有足夠的耐心等富欣穎開口，如果凶手急了，說不定亂了手腳而曝露身分。」

「你的意思是在海岬熬一天，讓六天、五天、四天的三天破功？主意可以，不過，小蟲，萬一富欣穎不是凶手的對象呢？」

「報告長官，反正我們也沒鎖定其他對象。飛鳥見過藍月眉嗎？不是早該出發？如果她沒找到藍月眉，當然沒有凶手的線索，現在專案小組只有富欣穎，要是不賭就玩不下去。」

手機再一陣雜訊，齊富的聲音益發低沉：

「小蟲，飛鳥在旁邊，我開的是擴大器，你的每句話她都錄音了。」

齊富沒讓羅蟄辯解，以官式的口吻下指示：

「我叫刑事局派一組人去幫你，送測謊器去。天華，天華，你和小蟲對女生有點耐心，她們的心是軟的。另外小蟲先生，你剛才通話得罪女同事，她現在臉色凝重，誰也幫不上忙，自己看著辦吧。」

齊富和飛鳥沒看見手機那頭羅蟄聳肩、擺手的無所謂表情，石天華倒是聽到飛鳥的聲音：

「我去，長官，我體能戰技全部甲等，攀落石、斷樹地下山沒問題，我去偵訊富欣穎。」

飛鳥來不來或何時到是未知數，但畢竟可能發生，面對飛鳥，羅蟄已習慣往壞的方面想，他必須儘早誘使富欣穎開口。不怕被飛鳥搶功，純粹為平衡自己的心情。

羅蟄陪她一起坐在門外的雨棚內看著有如巨人排隊疾行的狂雨，她哭過，眼睛腫的；她至少一天沒吃東西，旅館的人說她窩在屋內一直沒出來；她用一隻舊的手機打了二十通，再將手機扔進巨浪的大海裡。抽菸，和小梅一樣堅持抽代表女性風格的薄荷味涼菸。

「好大的雨。」

「從昨天下到今天，氣象局預測至少連續三天。」

「我好睏。」

「妳打電話給專案小組，有事？我們來了，說出來心情比較好，把妳的心事扔給我們，由我們煩惱。」

「他叫周賜福。」富欣潁說了。

富欣潁四個月前認識周賜福，兩人的感情發展迅速，沒想到傳出連續殺人案，當警方在電視上提出警告，一開始她不相信，直到何如春被刺死，她才撥專案小組的電話，不過仍猶豫，這是她為什麼躲到麟山鼻的原因，她想再理清思緒。

上次與周賜福見面是三天前的晚上，富欣潁問了他關於之前幾名死者的事，周賜福說不關他的事，要富欣潁別擔心。見到何如春的死亡消息，她覺得不對勁，頻頻叩周賜福，一直沒有回音。

「他的手機沒有回應。」她看向海。

羅蟄看看外面未見減緩的大雨：

「把他的手機號碼給我，警方查得到。」

「不要。」

戀愛中的人，經常失去理智。羅蟄體諒，深刻地體諒。

「妳認識何如春？」

富欣穎沒回答。

「認識張傑瑞和李蘋蘋？或只認識李蘋蘋？」

仍未回答。

「認識吳建弘？」

她嘴唇動也沒動。

「那麼我們聊聊妳。」

她再抽第五根菸。

「妳出生於大家庭，富議員不只三個老婆，外面還有，粗估十五個孩子，妳卡在中間，妳母親早不受富議員的喜愛，於是她成天約朋友逛街、打麻將。」

她看也沒看羅蟄。

「妳媽嗑藥，安非他命。」石天華捧咖啡出來時插進話。

「父親不在意妳，母親無心理妳，兄弟姐妹各忙各的，應該說妳父親已經決定他的事業由大媽生的長子繼承，偏愛的卻是三媽生下才三歲的雙胞胎男孩，家族的其他孩子見大勢已定，各自忙著找出路，一旦大哥成了家長，他們沒混下去的機會。」

「妳的前男友姓李，半年前為他墮過胎，民生西路巷子內的婦產科。」石天華再插進話。

「本來妳計畫實踐休學去日本，不在乎還有一年可以拿實踐的學位。妳申請了大阪的語言學校，富議員為此說了妳幾句，說妳就會花錢，反而異母的大哥挺妳。連妳母親也了解妳想逃出富家的決心。對了，如果不出現周賜福，妳說不定已經在大阪，半年的語言學校，以後妳想讀服裝設計。我同事問過妳母親，她說了一句耐人尋味的話，跑一個算一個。」

「你爸打過妳，嫌妳不聽話。姓李的前男友是你爸的助理，對你的感情摻雜其他因素。」石天華補充。

「我想周賜福追妳的時候不知道妳的爸爸是誰，他對妳溫柔，從沒大聲講過話，妳和他在一起有種逃開家後的安全感。」

石天華的視線從手機抬起：

「妳第一次來麟山鼻是四個月前，一個人，有趣的是，當天這家旅館的生意不錯，住客二十五人，有些名字我們熟，張傑瑞、李蘋蘋、吳建弘、何如春，沒找到周亮武和周賜福。」

「妳想說說周賜福呢，還是說說四個月前住在這間旅館的其他人？」

她兩手棒著馬克杯，試圖將咖啡的熱度轉移至既濕且冷的每個細胞。

羅蟄看向烏雲暴雨中的台灣海峽，原來連結四名死者與下一名死者的是這裡，周亮武呢？周賜福又是誰？

石天華遞來手機，螢幕上是刑事局大數據的資料：

「小蟲，昨天晚上你問我凶手為什麼公然挑釁警方，要找出動機，記得失蹤的方平被視為宋守成命案的嫌犯吧？」

「記得。」

「我再查宋守成的經歷，他當過警察，待過新北市板橋、土城、新莊、金山，督察單位懷疑他收受賭場賄賂，強迫自動離職。」

「凶手是方平的話，周賜福又為什麼攪進來？」

「小蟲，看樣子我們找到方平了。」

第三部

1

四個月前的二月十日星期日，農曆新年的九天年假放到這天，顯然許多人把握最後一天的假期，麟山鼻一帶的大小民宿與營區難得地在冬天也幾乎爆滿。

富欣潁感情與健康雙重受挫，聽網友意見圖清靜地休養，搭捷運到淡水轉公車至白沙灣下車，露營區的車子接她進去。她一個人，想關自己幾天，選擇住旅館部，等check in時喝咖啡，認識雙人房的客人李蘋蘋和張傑瑞，他們已住兩天，預計翌日，周一一大早離開。

做房仲的李蘋蘋個性開朗，見富欣潁沒伴便拉她一起吃晚飯。

旅館沒有餐廳，張傑瑞上網發現金山或三芝的許多餐廳已恢復正常營業，這種冷天他想吃鍋，尤其挑個海邊餐廳，看海吃海鮮鍋，絕大的享受。往停車場途中意外地被吳建弘拉住，他是北科大學生，住露營區，已升火燒炭準備晚上烤肉，張傑瑞個性開朗，見到、聞到炭火便興奮，與吳建弘聊了起來。

就這樣乾脆一起烤肉。

李蘋蘋罵張傑瑞根本找酒友，吳建弘陪罵的一臉無辜表情令李蘋蘋不好意思，而且火鍋的吸引力遠不如烤肉。

與吳建弘同行的是何如春，兩人曾在同家英語補習班，交情不錯，年前見面相約一起烤肉。吳建弘另外約了兩名同學，行前爽約，買的烤肉數量遠超過他們兩人的消化量，吳建弘乃四處找人「分享」，張傑瑞豪邁地主動提出願意分擔費用。

吳建弘是獅子座「火鍋指揮官」個性的男孩，張羅所有事情，連肉類、蔬菜上烤架的順序都由他做主。

張傑瑞愛熱鬧，拉露營區的其他住客參加，「烤肉嘛，人多熱鬧。」他說。

富欣穎外，一對女生朱心怡與陳采姿也參加，她們已畢業兩年，看來仍單身，不然不可能過年不陪男朋友。

另外還有一對靦腆的年輕情侶，帶來餅乾和牛肉乾分享，並且同意付他們的份。一人大約分攤三百五十元，啤酒不算，張傑瑞說他年紀最大，他請客。沒人記得情侶的名字，大約坐了一個多小時，吃了幾片烤肉即先回帳蓬。李蘋蘋看出女孩的大姨媽來了，很不舒服的樣子。

其他人成雙成對，富欣穎一人倒也不無聊，李蘋蘋與朱心怡、陳采姿很快和她打成一片，當張傑瑞和吳建弘拚酒時，四個女生怕冷地躲回室內泡茶。

何如春屬於團體內負責打雜、沒有聲音的成員，露營區的老闆曾提高粱來敬酒，祝大家新年快樂。他稱吳建弘「班長」，是值得信賴的朋友，何如春則是「放唱片的」。四十年前老闆愛跳舞，籌辦舞會總得有人物色場地、調雞尾酒、做三明治，有人到各女校邀請女生參加，不然缺少舞伴，還得有一人樂於放棄下場摟小馬子跳舞的好康機會，甘於寂寞地坐在角落放唱片。何如春沒笑，沒回應，他吃得最多，面前堆的蝦殼最高。

李蘋蘋被老闆選為「舞后」，每個男生都想請她跳舞的名詞。陳采姿則是「壁花」，人長得漂亮，卻老是靠牆坐，能一坐一晚上不下場跳也無所謂，因為她對請她跳舞的男孩極其挑剔，不喜歡的絕不答應，而喜歡的大概早被李蘋蘋這種舞后迷走了。

兩個女生黏在一起，經常一個美麗卻嚴肅，一個比較不美卻活潑，陳采姿是當晚最漂亮的女孩，朱心怡就是活潑那個，馬上和吳建弘打情罵俏。富欣頴縮在陳采姿與李蘋蘋中間，老闆說她是「陪舞的」，不那麼愛跳舞，愛跳舞的女同學用電影票威脅利誘騙來當保鑣，遇到死纏爛打的男孩可以指「陪舞的」的說：不行欸，等下我要和我同學一起回宿舍。

對於新冠上的綽號，有人不情願，見老闆喝得半醉，沒人嗆回去。

老闆來時，那對情侶剛回帳蓬，所以未得到冒著刺鼻酒味的評語。老闆娘拎老闆離開後，李蘋蘋賞老闆一個綽號「教官」，高中時期看來威武，穿燙出三條線軍服，成天對學生吹哨子的教官。

所以那晚的烤肉共計九個半人，老闆算半個——不，算那晚烤肉宴的破折號，他根本不記得張傑瑞或吳建弘，連烤肉的記憶也淹死在酒精裡，對羅蟄沒一點幫助。

「沒有周賜福，那天晚上他不在麟山鼻露營區。」

「妳說兩個女生的名字是朱心怡和陳采姿？怎麼寫？小蟲，你們繼續聊，我把名字傳給齊老大。」

喝到十點多，起初大家分頭回房睡覺，吳建弘計算收到的分攤費用，扣除成本結餘三百五十元，沒人搞烤肉趴存心賺錢的，他給張傑瑞算補貼啤酒錢。張傑瑞不肯收，他喝得嗨，說何不下山添購啤酒喝到天亮，算告別假期，迎接豬年的守歲。

徵詢眾人，陳采姿不想去，被朱心怡硬拖參加，七個人擠進張傑瑞五人座的Camry。沒想到張傑瑞路不熟，一加油門已開過石門的便利超商，吳建弘覺得這樣沒關係，往前開一定有店，沒聽說便利店放年假的，反而說不定運氣好買到比利時啤酒。張傑瑞得意地猛踩油門一路開進金山老街，買了兩手不是比利時啤酒的啤酒於回程時停在草里漁港，李蘋蘋心細，發現何如春魂不守舍，幾經詢問，是吳建弘說的，何如春和網路結識的女友講好午夜十二點在附近一間宮廟見面。

張傑瑞起鬨要幫何如春的忙，招呼眾人上車往山裡開。

「哪間宮廟？」石天華打斷富欣穎的回憶。

「不記得，車子在山路繞得我想吐，而且是晚上。」

「沒關係，我查。」

開著開著看不見海上漁船的燈光，開著開著淡金公路不見，開著開著看不到富貴角的燈塔，開著開著他們夾在兩列幾乎掃到Camry車頂的行道樹中間。四周沒有路燈、沒有其他車輛，沒有人家。擔心汽油燒光，吳建弘和何如春用手機的ＧＰＳ導航，七拐八轉的車子停在一處仍亮燈的宮廟前。張傑瑞說就是這裡。

「何如春和女朋友約會怎麼半夜在深山？」這回輪到羅蟄打斷富欣穎的回憶。

「何如春說網上交友常這樣，好像測試兩人的誠意和緣分，李蘋蘋罵他被騙了，一直勸何如春不要去。」

「你們網上交友這麼不謹慎？」石天華回來了。

「有時候，」富欣穎頓了頓，「覺得不去試試說不定會遺憾。而且何如春是男生，還有吳建弘陪他。他們本來要騎車去，沒想到遇到我們一大群人。」

「約何如春的女生半夜會去宮廟？」石天華對這種午夜深山的「初次見面」很不以為然。

「吳建弘覺得對方一定也有女性朋友陪著，他比何如春還興奮。」

廟門已關，一旁的小門半掩，張傑瑞領頭進去，周賜福坐在裡面吃露營用瓦斯爐煮的小火鍋。只周賜福，沒有女生。

何如春的女朋友沒來，周賜福說他從下午就待在廟裡，沒見過任何女生。何如春的失望使場面頓時冷了，李蘋蘋人好，故意和周賜福聊天，還問周賜福會不會算命，想讓何如春不再想被放鴿子的事。

周賜福是廟祝的兒子——還是姪子——熟悉求籤求神的程序，李蘋蘋把何如春推去，要他先求，結果求到下下籤，富欣穎不記得籤詩內容，大致意思是時機沒到。

何如春顯得沮喪，張傑瑞喝得半醉，從車裡拎出啤酒找周賜福一起喝，富欣穎和朱心怡她們早累了，見何如春可憐的樣子，不好意思說要回去，大家就再喝，周賜福說機緣湊巧，替大家求了支「團體籤」，神明指示，如果今晚的人團結在一起，未來將有財運。張傑瑞打鐵趁熱地主張在Line上成立一個群組，以後經常聯絡。他們七個人，還有周賜福，說八個人代表「發」，代表吉祥。

「吳建弘、張傑瑞、李蘋蘋、何如春、富欣潁、朱心怡、陳彩姿，加周賜福，沒有周亮武，看來周亮武果然是被凶手練刀殺的。」石天華抄下每人名字。

「不，周亮武可以算是第九個人。」富欣潁糾正羅螯的推測。

當晚回到露營區各自回房睡覺，第二天早上吃露營區提供的稀飯、小菜、荷包蛋與咖啡，第九個人出現在停車場。

早上吳建弘無奈地說何如春不甘心，非要再去宮廟一次，他們騎吳建弘的機車來麟山鼻，騎得沒油了，吳建弘要先去加油，何如春大概不想讓吳建弘見他再次受窘，正好周亮武的計程車載客人到營區，何如春便搭車一個人去宮廟。吳建弘搖頭地說他加了油會追去，不放心死心眼的何如春。

至於以後的事大家不很清楚，何如春和吳建弘都沒在群組裡提過。

「就這樣，你們沒再見過面？」

「沒有。」

「小蟲，事情清楚了。」

「嗯，吳建弘、張傑瑞、李蘋蘋、何如春先後被殺，富小姐和朱心怡、陳采姿是女生，不像有一刀殺人斃命的氣力，只剩下周賜福。」

「計程車司機的周亮武應該意外被捲入。」

「他見到周賜福，惹禍上身。」

羅蟄為富欣穎添了熱水：

「能說說妳和周賜福嗎？」

富欣穎那時仍陷於墮胎並被男友甩掉的憂鬱心情之中，回台北大約兩個月，她幾乎忘記麟山鼻那晚發生的事，在街上被人叫住，是周賜福。

根據富欣穎的描述，周賜福大約與她差不多年紀，比她高一點，很瘦，戴黑框近視眼鏡，平常穿T恤和牛仔褲。手指細長，像彈鋼琴的手。他念上海的復旦大學碩士班，放寒假回台灣，那天去看望養父的廟祝意外遇上他們。

「他對我很好，關心我。」

「說說，已經說開了，妳的心情會輕鬆許多。」羅蟄鼓勵富欣穎往下說。

和周賜福的交往不是一般的男女關係，比較像好朋友。周賜福懂很多中藥方面的常識，配了補身體的藥專程送到實踐。大約一個月見一兩次面，周賜福幫養父照料宮廟，不方便到台北。

「他很熱心──不，沒有你們想的那樣，我們沒上過床。」

「妳知道哪間宮廟對不對？不必為他掩飾，欣穎，他是凶手。」石天華將手機送到富欣穎眼前，

「這間？」

她掙扎了一下，點頭了。

石門明聖宮，拜玉皇大帝、濟公活佛、王禪老祖。

「周賜福的養父是明聖宮的廟祝？」

「他，他說小時候父母意外死亡，被廟祝收養，拜濟公為師父，當過廟裡的乩童。」

「不會吧，」石天華看著羅蟄，「周賜福也是乩童。」

「乩童不是獨占事業，」羅蟄無奈地說，「不需要考執照。」

2

刑事局趕來支援的測謊小組沒用上測謊機，反而架設直播電腦與專案小組連線，齊富的臉出現在螢幕中央：

「你們說露營區叫什麼名字？敢不依規定留下客人的身分證資料。富小姐，再想想朱心怡和陳采姿的電話、臉書名稱？叫這兩個名字的人很多。她們畢業兩年，提過在那裡上班？」

「群組早退出，我沒有其他人的電話。」

「你們年輕人不留電話號碼？」

「我們都直接掃手機上的QR Code。」

「什麼？」

「條碼，到便利店買東西用手機刷帳的條碼。」

齊富沒再追問，羅蟄明白，條碼是另一波長江後浪，老把前浪的屍體往沙灘上送。

「小蟲，你也是乩童，有沒有同業公會什麼的，找出周賜福。」

得麻煩小蘇，從富欣穎的Line帳號設法救回當初關閉的群組。

螢幕沒見到飛鳥的身影，不用猜，她已經在趕來麟山鼻的路上。

「周賜福就是方平。」

不肯換掉短褲、不怕感冒的飛鳥在石天華、羅蟄預期中地出現。

「我去了明聖宮一趟，該問的全問了。」

意思是她在趕路途中全程收視麟山鼻與專案小組間的現場直播。

她坐到羅蟄旁邊「慈光普照」地關懷富欣穎。

「欣穎，還沒吃飯吧。」

說著她從背包內提出鵝肉與炒麵。

「金山老街的鵝肉，邊吃邊說。」

羅蟄聽到螢幕內嚥口水的聲音，咕嘟。猜也不必猜，老丙在齊富旁邊。

「廟祝說十年前一名國小六年級的男孩渾身是傷地躺在廟門口，他收留了男孩。男孩自稱周賜福，父母車禍死亡，他不習慣住姑姑家，從基隆搭公車到石門，不知怎麼逛到明聖宮，他不肯回去。廟祝向王禪老祖請示，同意留下他，從此周賜福便以廟祝為養父。至於周賜福是否如富小姐說的乩童，」飛鳥看也沒看羅蟄，「廟祝說明周賜福幫忙打掃、上香，與神明很親近，乖巧聽話，但明聖宮從不開明牌、開沙盤，不需要乩童，信徒來自附近的居民，大多祈求健康、平安，不常見請神明開釋的。周賜福是個奇特的孩子，從小愛對神像講話，有些鄰居看到，認為他有和神明溝通的靈性。」

「王禪老祖是鬼谷子，戰國時代傳說的預言家。」羅蟄脫口而出。

「王禪老祖是誰不重要。」飛鳥仍然沒看羅蟄，「周賜福的身世與被明聖宮收養的時間和方平很接近。」

「方平是誰？」被偵訊的富欣潁問。

「方平是——」羅蟄的話沒說完。

飛鳥終於正眼看羅蟄：

「小蟲學長，拜託弄杯咖啡來，不要糖、不要奶。」

偵訊的重要時刻，刑警去煮咖啡？

「我來。」石天華的大哥風度。

「沒時間了。」螢幕裡的齊富喊。

「金山的鵝肉啊！」丙法醫忍不住發出的驚嘆說明小梅仍未送燉得骨肉分離、吃得黏嘴唇的豬腳上山。

「現在三個重點：富小姐的安全、找到朱心怡和陳采姿、追查周賜福下落和他是不是方平。」

「報告長官，查了。」輪到羅蟄不理會飛鳥，「我推測那時方平十二歲，不會設想太多，所以請小蘇向當年他就讀的小學查詢周賜福。」

「好，小蟲，腦筋轉得快，你猜他用同學的名字？」

3

石天華去通化街找同名且年紀相仿的陳采姿，羅蟄就近訪談金山國小當年方平的導師，飛鳥領富欣穎回專案小組。

「他媽的，富議員說我們刑求他女兒，台北市警局長受不了，向署長吐苦水，署長叫我們把人帶回台北。」

齊富在螢幕內開罵，石天華小聲對羅蟄說：

「小蟲，老大的口水噴到你沒？噴到我鼻子了。」

當然聽懂齊富口水中的意思，他再硬再鐵，也頂不住民意代表的壓力。

「我們刑求證人？」齊富罵得不知誰悄悄調低傳輸中的音量，「我最想刑求的是你們兩個。」

斷線。來的是時候的好大的雷雨。

為了安全起見，同時防媒體嗅出風向，刑事局三輛車先行，一旦被媒體攔住，立即當餌引媒體追下山。

「讓他們追個痛快。」齊富口氣中傳送他報復媒體的痛快。

飛鳥開車與富欣穎跟在後面，上山前將警帽戴在富欣穎頭上。

「不錯吧，調虎離山配合偷桃換李。」痛快中包含值得齊富報復記者的抖腳興奮。

不管調虎或換李，他們還沒進入台北市區，羅蟄已經坐在小學的校長室內，校長刻意躲開，留下方平當初的導師陳娟娟。

「那年是我第一年教書，二十二歲，教的是高年級，很多老師不以為然，認為我靠背景，不把我的畢業成績當一回事。隨便他們怎麼想，我喜歡教書，所有時間花在學生身上，記得每一個的姓名、家庭和成績，尤其方平。」

陳娟娟自然地伸手將一小撮頭髮夾至左耳上。

「他的個子小，安排坐第一排靠窗的位置，常常分心看窗外。」

陳娟娟的裙擺因身體移動而往上移，露出膝蓋上方白而薄的皮膚，甚至看得到藏在下面淺淺的綠色血管。

「羅警官，誰你都可能忘記，見過方平的人一輩子忘不了。他是左撇子，聽說他母親試過糾正他，不知道成功沒。十年前大家已經不再覺得左撇子不好，不過有些家長就是要孩子改用右手，免得吃飯時和隔壁的筷子打架。」

陳娟娟的短跟鞋子簡單得沒有任何裝飾物，灰色。她的小腿和腳踝細長，講到「非要孩子右手拿筷子」時左小腿肌肉抽動了一下。

「之所以難忘方平，他寫字反的，沒想到吧。不是上下顛倒，是左右的反，好像看鏡子，人變成入，乍看覺得差不多，可是就不對勁。當然和他左撇子有關，改成右手寫以後還是一樣，我花很多時間糾正他，啊，和糾正左撇子右手拿筷子不同，哪隻手拿筷子其實不重要，可是字不能寫反，文字的重要性在溝通，要是他長大還不改過來，恐怕很難融入社會。可惜羅警官不早通知，不然我找出以前他的習字簿，你看到一定和其他人那樣的驚訝。」

陳娟娟的手指細長，沒有戒指，未塗指甲油，原始的手指。

「校方沒把他列為學習障礙學童，我教的那年他五年級，前面的老師糾正過他，大部分字已經寫正，說不定欺負我是新老師，第一次交作業，抄的整篇課文全部反寫，我覺得好玩，用鏡子照他的作業學他反寫評語，我寫的是：方平，老師用鏡子才能讀完你寫的作業，很累，以後要不要寫正的。以後他寫正的，還是有一兩個字反的，不固定是哪些字，每次不一樣，我以為他處於前叛逆期，故意這樣交作業。有次他的姓，方寫反了，我問他為什麼連姓也寫反，他理直氣壯回我，平不能反寫，只好寫方。」

陳娟娟笑的時候嘴唇左邊下方有個酒窩，她的嘴唇不塗口紅，有些乾，臉孔不打粉底不刷腮紅，當轉側面時，陽光下能看到唇上淡淡的毛，的確純天然的。

「我做過幾次家庭訪問，他家是單親家庭，媽媽辛苦打工，用所有的愛疼他，但對老師的態度則帶敵意，所以每次得先誇獎方平的功課、品德很好，先軟化她的眼神——她的眼神很可怕，好像我是家扶中心的人要帶她兒子去寄養家庭。其中一次她媽媽的男朋友也在，不說話地看我，看得我坐立難安，還好是冬天，我穿很多——不，羅警官看我很正常。」

陳娟娟摸一下臉頰，白得像多年沒曬太陽，沒有雀斑、青春痘。

「我說的不是他打量我身體，他的動作有點對女生不尊重，而且我還是老師。就是就是，抓癢，抓褲檔那裡。」

陳娟娟又笑了，笑得小鼻子皺在一起，令人想到作鬼臉的小女孩。

「當老師的不好問家長和家長的男朋友計畫結婚嗎？她男友真的很那個，當我面從沙發後面摸她的脖子。我儘量和方平媽媽溝通孩子自尊心的重要，因為瘦弱多病，即使在學校沒受到霸凌，有些活動不免被排擠。他作文寫希望有天做個高大、身材結實、六塊肌的男人。我的評語？不記得了，勸他好好鍛練？打籃球有助於長高？大概寫這些吧。學校旁邊的公園冒出幾隻流浪貓，我見過他拿麵包餵貓，憑這點我說他是好孩子。羅警官聽說過吧，很多小朋友虐待流浪貓狗，不是他們本性不好，是動物性的反應，學校教公民、禮教，目的就是引導他們離開動物性，更接近人性。」

陳娟娟的眼睛處於疲勞狀態，間隔一段時間即取下眼鏡抹眼角。沒畫眼線，單眼皮托襯得整張臉孔特別乾淨。

「聽說他家發生的事，一說方平殺的，一說方平媽媽殺的，最後破案了嗎？我和社工聯繫想幫忙，可是他們沒找到方平，他放學背書包沒回家從此下落不明。他們說的。學校黃老師住他們家同一條街，周圍鄰居見到方平放學，相信他是看到殺人的場景嚇得離家。金山很小，大家聊天聊久了所有事情彙集出幾個結論，各有支持者，我不便參與，聽聽罷了。羅警官到金山玩過嗎？不是陽明山腳的溫泉區，我說的是老街，我們過都市人覺得太悠閒的日子，其實我們也有忙碌的一面。」

陳娟娟雖沒畫眼線，卻已有眼角的細紋，她又摘下眼鏡揉眼睛，不太像三十二歲女人的動作。

「別的老師說他怪？不，和其他學生比，方平頂多奇特而已，不是智能、體能和別的學生不同，是他的想法。有次他問我，老師，海為什麼比我們學校還高，那海不會倒下來淹我們？小學六年級提出這種問題，特別對不對？其他老師說他是傷腦筋的學生，我不同意，為什麼不說他是刺激老師大腦的學生？」

陳娟娟略顯激動，眼睛快速眨動。

「我不否認不健全的家庭對他產生一定的影響，可是做老師的不能期望每個學生都來自父慈母愛的家庭，再說他的媽媽雖然交的不是很理想的男朋友——對不起，不該批評死者，他姓宋是嗎——仍是愛兒子的母親，天下有不愛孩子的媽媽嗎？我不相信有。」

陳娟娟的長髮沒有整理，大髮夾夾在後腦。

「喔，他那班沒有同學叫周賜福，等等，你看畢業紀念冊，最後一排高的叫柳蔭賜，站在方平旁邊的叫許福生，用兩個同學的名字接在一起吧，他是鬼靈精。方平那時多可愛，圓圓的臉和圓圓的大眼睛，他真的很聰明，作弄我直到畢業。」

陳娟娟又笑了，隨酒窩的出現，她的額頭也會朝上抬擠出智慧紋。

「教書十年，每個學生的照片、成績還有我的評語都在電腦裡。我能念出方平那班每位同學的名字，我的第一群學生。教小學生，師生間的感情雙向道，直直地你來我往，沒有彎角，慶幸我當了老師。到現在，幾個印象深刻的有時莫名其妙出現在別的學生臉上，校長通知我說警官來問方平的事，恰好方平的臉孔出現在我班上一個學生的臉上，疊在一起。當老師的，我想退休以後會經常見到學生的臉孔疊在陌生人的臉上，你說是不是很棒？」

她有一張海邊的臉孔，雨天的海邊。

「畢業前每個學生寫感謝卡送老師，都留著，你看。」

羅蟄接過邊緣泛黃的卡片，從她貼近的身體聞到清香味，香皂，不是香水。

陳老師，謝謝你，以後不會再寫反字了。

短短一行字，全是反字。十五個字，羅蟄認得清，不必反向思考也認得清。向老師開玩笑的孩子，那麼方平個性樂觀？十年之前，殺了人，不曾和母親聯絡的十年，變成什麼樣子？

陳娟娟撐傘送羅蟄到校門口，她走得很快，每天忙著進學校、進教室養成的習慣。方平懷念他的這位老師嗎？

「羅警官是金山的警官嗎？金包里街口的分局？你從台北來喔，我很少去台北，我嘉義人，習慣金山了。羅警官沒結婚？」

羅蟄考慮要不要說曾是乩童的事。

「羅警官幾歲？哇，比我大一歲。你覺不覺得我們很合得來？」

爽朗的女老師。

羅蟄決定不說乩童的事。

「你答應的，一定要來，我帶你去獅頭山公園看燭台雙嶼。金山沒有電影院，我喜歡散步。你聞過海的味道沒有？好好聞，比靠陽明山那邊的硫磺味好聞多了。」

羅蟄猛然想起景美市場的婷婷。

「不是只有鵝肉好吃，大碗螃蟹也棒，要不然秋天，萬里蟹十月、十一月最好，我們去水尾漁港吃。」

秋天，不錯的季節。

她向車窗內的羅蟄揮手，羅蟄覺得整個高高的、濕淋淋的、充滿清涼鹹味的大海向他道別。

4

找到朱心怡和陳采姿的戶籍地址，分別為新竹、台南。

一個小時後石天華連繫上陳采姿，朱心怡五月即去歐洲自助旅行，家人與同學不知她的行程，查入出境資料，朱心怡尚未返回台灣。

石天華建議接陳采姿到專案小組，飛鳥與羅蟄贊成，反倒是齊富另有考量：

「我們現在有富欣穎的證詞，只有她的，依刑事辦案的原則，無論涉嫌人或證人，不宜在同一場所接受偵訊，她們認識，見對方也在，說話的顧慮多。」

齊富難得地露出猶豫的表情：

「還有，兩名證人都在解剖中心，凶手拍了我們的內部，對這裡的環境很熟，警衛雖多，就怕百分之一的疏忽。」

於是飛鳥與石天華接陳采姿直接去台中谷關的警政署警光山莊，以網路和台北同步展開偵訊。

飛鳥不同意，石天華替齊富說出另一層考量：

「副局長的安排對，媒體等著看明天會不會出現第六名受害者，即使和媒體溝通不得公開富欣穎、陳采姿的名字，他們照樣守在我們大門口，富欣穎的老爸難控制，萬一有什麼，至少不能讓陳采姿曝露在媒體面前，凶手看電視的。」

這番話封住飛鳥的口，她一百個不願意也不能不隨石天華動身。

羅蟄稍後返回專案小組，他兜去新北市戶政事務所查周賜福的資料，只到高中畢業，以後下落不明，明聖宮八十多歲的廟祝也說不出所以然。

「阿福仔，我年紀大沒氣力管，他獨立，不會闖禍，隨他，男生讀了中學，想管也不知從哪裡管。」他說。

從第一具屍體出現起，警方沒有選擇地四處尋找下一名可能的受害人，對凶手束手無策，有如追逐正午的影子，總是踩到自己。

台北市解剖中心的空間有限，飛鳥與石天華不在，將原來老丙的辦公室做為富欣穎的休息室，再次偵訊則選在會議室的角落，用意是這麼多人眼前，富欣穎應該可以體會茲事體大，不再護著她的男友周賜福而吞吞吐吐。

羅蟄喘口氣地到大樓後面，小梅也在，不過羅蟄拒絕了薄荷菸。

「這種女人菸我抽不慣。」

「你不抽菸，根本凡是香菸你都抽不慣。」

小梅的口罩拉到下巴，羅蟄蹲到她旁邊，兩人看屋簷滴下的雨水。

「替丙法醫扛來你姑媽燉的豬腳了？」

「我姑媽哪有空，復興南路餐廳買的。」

「涉嫌詐騙。」

「不然他不滿足。」

「他老婆搞不定豬腳。」

「祕密，丙法醫的老婆吃素一年多了。」

羅蟄吐了口又長又深沉的大氣。

「難怪。」

「才怪。」

「妳學醫幹麼選擇法醫這行？」

「實習，一年後決定。」

「家在台北？」

「不，海邊，太平洋。」

「台東？」

「很少回去，家裡事情太多，待不住。」

「爸媽吵架啊？」

「爸媽吵架像有人在超商順手牽羊，你站在旁邊等拿鐵，警察來了先逮你，感覺超差。喂小蟲哥，去年台灣離婚的夫妻平均每天一百四十九對，比起來吵架沒什麼。」

「妳數字感很好。」

「你呢，天華哥說你不結婚是因為你以前當過乩童，沒女生敢和你在一起？」

「哈，天華哥勸我想清楚再結婚，沒想到跟妳說這麼多——」

「等等，我對結婚沒興趣，對警察沒興趣，對乩童不歧視。」

她扔了菸，拉上口罩。

「我曾經對很多事沒興趣，我弟的事——」

「羅雨，小雨。」

「妳什麼都知道。」

「丙法醫是我老師兼老闆。」

「差點忘記。」

「飛鳥姐不錯。」

「妳想害死我？哈囉，小梅，我從小警員當起，上面是幾千名學長、幾百名長官，這麼久好不容易才伸直腰，妳要我再回去當猿人？」

「你有過去，她沒過去？」

「她有什麼過去？」

「自己想辦法了解，你是刑警。」

「早想好辦法，離她愈遠愈好。妳是女人，告訴我為什麼女人說翻臉就翻臉，不需要熱身？」

「不對，丙老師開玩笑說過一則他認為是名言的名言：遠古時代男人是移動性的哺乳類獵食動物，使男人留在某個地方忘記移動的原因是女人，某個會讓人捨不得走的女人。有道理對不對？」

「他是替自己找面子，不然每天鎖在冷冰冰的解剖室不回家，他果凍啊？」

「我覺得你排斥女人，錯過女人。」

「小梅，我沒力氣了解飛鳥，了解妳好了？」

「不必，」她縮了縮身子，「我同性戀。」

「現在女生遇到不喜歡的男人用這種藉口，聽多啦。」

「你為什麼突然追我？是不是石天華？」

「天華哥？和他沒關係，只是雨天，只是我們被菜刀殺人案栓在山上，只是妳請我抽過菸。」

「我有原則。」

「說來聽聽。」

「我喜歡主動。」

羅蟄花了點時間思考「主動」的定義，沒想通，算了。

當他剛想算了，兩片濕濕的嘴唇貼上他的嘴唇，接著也濕濕的舌尖伸進他嘴裡，找到他的舌頭後，便輕輕地、轉圈地想包住羅蟄整片舌頭。

「這是妳說的主動？」

「差不多。」

「所以有天妳說不定在我家樓下，靠著對面的鐵門用夾菸的手指向樓上的我揮揮說，小蟲，約一下吧。」

「石天華一定很用力的刺激你。」

「看得出來齣？」

「剛送你丙老師的話，不聽算了。」

「老丙和齊老大發明一大堆金句、名言，想不想聽妳說的那句的下一句？」

「下一句？」

「妳的丙老師說，可是當男人發現自己停留的時間太久，想恢復旅程，卻已經沒氣力從沙發裡爬出來了。」

「丙老師真的這麼說？」

「對，前段說給不熟的人聽，後段他喝了酒說給熟的人聽。」

「靠，我們丙老師還有這套。」

「他有，他深不可測。齊老大說的。」

「我下班了，希望明天不會又看到屍體，我同性戀，很難對我的另一半解釋為什麼老加班熬夜搞得一身洗不乾淨的福馬林味道。」

「另一半?小梅，把老丙下半截故事說給另一半聽，明天告訴我她的反應。」

「現在就可以幫她回答，哈。哈。哈。對，飛鳥姐呢？」

「出勤務。」

「你們忙完連續殺人案回各自的單位?遠嗎？」

「都在台北市。」

「隔壁厝邊，好喔。」

「我請妳吃飯看電影比較實在。忘記說，妳和我認識的一個人很像，說不定是夢中情人，Déjà-vu。」

「Déjà不。掰。」

「等等，留根菸。」

「不是不抽涼菸？」

「我點火加熱再抽。」

小梅把剩下的半包菸扔給羅蟄，口罩上的眼珠瞪得更大。

「Jingle bell，Jingle bell，聽過沒？」

「聖誕節的歌。」

「對。」

「什麼意思？」

「加熱再抽，你聖誕老人，冷透了。」

沒人因了解羅蟄而喜歡羅蟄，準確地說，女人不肯花太多時間投資羅蟄。

5

偵訊富欣穎由齊富親自出馬，一人一碗中正一分局專人送來的牛肉麵，他搖搖筷尖：

「吃，在我們這裡，妳安心地吃。小蟲，泡茶。」

他和富欣穎邊吃邊說話。

「他不願意我拍照貼上臉書。」

「和周賜福在一起很久，照片也沒？」

「你們很好？」

「他照顧我。」

「對，妳年初失戀，周賜福之前的男朋友。」

「不止失戀。」

齊富停下筷子：

「聽懂，那個死男孩呢？我替妳爸揍他。」

「那種男人。」

「一個人去？他不陪？」

「一個人。」

「要命，來，我的牛肉分妳，補身體最重要。周賜福知道？」

「對他說過，他也說補身體最重要。」

「像個男人。他住哪裡，妳沒去過？」

「沒，他不是那種人。」

「哪種人？」

「張傑瑞那種人。吃定蘋蘋姐喜歡他，從來不給承諾，兩個在一起的時間一半在床上，一半說再見。」

「李蘋蘋怎麼跟這種男人，有老婆的男人。」

「李蘋蘋寵他，好可憐，女人遇到已婚男人變成可憐蟲，她說不敢問他要不要留下過夜，每次問幾乎吵架。」

「我以為男人被外遇情婦牽著鼻子走。」

「張傑瑞一不高興就回家，一個星期沒消息，Line已讀不回，手機不接。」

「換一個男人啊。」

「女人不那樣，我們這種女人不那樣。」

「小蟲，泡茶。麵不吃沒關係，多吃牛肉、牛筋，等下我找人買枸杞蓮子湯，我老婆以前天天要我喝，我肚子裡的脂肪百分之五十是枸杞蓮子湯造成的。」

「長官，蓮子沒熱量。」

「叫你去泡茶。」

羅蟄指指桌上兩杯茶：

「泡好了。」

「他是凶手啊，會對我怎樣？」

「周賜福？不確定，警方鎖定的凶嫌叫方平，可能是周賜福。他提過方平的名字嗎？妳看過他身分證？」

「沒有，他在上海念書，真的假的也不知道，不想問，他對我很好，又沒對我怎樣。」

「沒上床？」

「我還不行，會想到之前躺在小診所床上的——」

「這麼好的男人不應該是凶手，他知道你父親是市議員？」

「知道，他送我回家過，沒進去，我家人口太雜，大媽媽的、二媽媽的、姑姑、阿公阿嬤，不好意思讓他進去。」

「我請人用電腦畫了他的樣子，妳吃完麵看看。不急，先吃。小蟲，泡茶。」

「茶涼了。」羅蟄說。

「不會換熱的，你腦子怎麼了，難怪沒女人嫁你，飛鳥不在，什麼事都不會？」泡茶。

「周賜福提過他家庭，他家人嗎？」

「他沒家人，父母很早以前離婚，他沒看過爸爸的照片。」

「媽媽呢？」

「他媽媽身體不好，住療養院。」

齊富重重將麵碗放下後喊：

「小蟲，人對了！」

「茶又泡來了。」

周賜福和方平是同一人。

屏東警局找到藍月眉，她神智不清，從她隨身品找到與方平的合照，十年前的。另外一個破爛的棒球手套，警方摸了一下，藍月眉緊抱不放。齊富交代任何證物不可放過，屏東拍下照片傳來，裝證物袋的手套也交給空警送台北。

斷線。方平的線斷了，藍月眉的線斷了，富欣穎的線斷了，石門明聖宮的線斷了，周賜福的線八成也斷了，上海復旦大學恐怕扯蛋。

專案小組等電話，十多人守夜等不知哪裡、不知誰傳來不知什麼的線索，這晚連電話也變得沉默。

棒球手套最速件下了直昇機，空警專車送刑事局鑑識中心，鑑識人員加班檢驗，午夜前叩小蘇，手套不是用太久變成一條條的拂塵，被刀子刺的。經過十年的腐爛，驗不出哪種刀刺的，也就無法判定是否為宋守成命案中的另一把凶刀——第一把凶刀，殺人的凶刀。

天快亮，專案小組痴痴地等待，六天、五天、四天之後也將步入第三天，凶手刺殺的對象是刑事局重兵護衛的台北市相驗與解剖中心呢，離台北相當距離且仍處於保密中的谷關警政署警光山莊呢，絕不會是遙遠歐洲某處？

6

第三天開始於老丙坐警車至大門，向監視器眨眨眼。他一向早睡早起，早到六點四十二分就推開專案小組的門，齊富沒罵他吵人睡覺，老丙身後兩名巡邏員警提四大袋早餐，飯糰、蛋餅、三明治、豆漿、燒餅油條，應有盡有。

兩名員警立正向坐在摺疊床上的齊大長官報告，他們是丙法醫家管區中山分局轄下大直派出所的員警，奉丙法醫指示，以警車載丙法醫沿路買早餐送上山。派出所所長向齊老師問好，他隨時待命，想吃什麼，一通電話即送。

「你他媽的回去告訴你們所長，什麼時候警察兼差外送飯糰？以後丙法醫七早八早叫你們買早點，當沒聽見。濫用警方資源，真是的。」

老丙沒回嘴，把買早餐的五張發票丟在齊頭身上說：

「報了帳還我早餐錢。」

狠話長官會講，早餐吃得守夜的個個露出微笑。食物總能撫慰迷失方向的靈魂。

大雨未停，氣象局預報雨勢將維持到今晚午夜。

氣象局也有預測準的時候。

谷關警光山莊傳來石天華與飛鳥偵訊陳采姿的筆錄，精簡如飛鳥的個性：

一、陳采姿不認識周賜福或方平，明聖宮那夜燈光昏暗，沒注意也沒看清周賜福的長相。

二、她認識張傑瑞等死者與富欣頒，不熟也未再聯絡。

三、她不看新聞，不知連續殺人案，因而從未警覺她可能被凶手盯上。

四、已有男友，經數度確認，不是周賜福或方平。

五、此後未再去過明聖宮與麟山鼻。

六、無法和可能仍在國外的朱心怡取得聯繫。

石天華輪下半夜的警戒，洞捌洞洞與專案小組通話，谷關一切正常，陳采姿仍在睡夢中。各地警局向勤務中心回報，無謀殺案通報。

羅蟄一晚上在會議室打地鋪，不好意思和富欣穎擠老丙辦公室。小蘇叫醒他吃早飯，刷個牙而已，豆漿已遭全數消滅，僅剩半塊殘破的蛋餅。

「老大早，今天的行動方向？」

「你有建議？」

「看樣子只能等。」

「哎，小蟲，當刑警最悶莫過於等。」

「不是最悶，」老丙滿手油地說，「次悶，第二悶，最悶是下午媒體擠在我這兒大門口叫：齊富，你給我們出來。」

「少烏鴉嘴。」

「富議員的大小姐呢，不吃早餐？」老丙問。

「丙法醫，你看，哪裡還有早餐？」

「哇賽，老齊，你們刑事局從上到下全是菜龍菜虎，也太狠了吧。」

「讓她多睡點，小蟲，派你個任務。」

「我去買早餐，」羅蟄舉手，「買我和她的，其他人吃不夠，我不管。」

「男子漢，小蟲，堂堂男子漢，幫同事帶點早餐不致於你破產，氣度大點。」

羅蟄到公館買早餐，一打生煎包、一打肉鬆飯糰、一打外帶咖啡、一打麥當勞的豬肉滿福堡加蛋。交通警察上來想開違規停車的紅單，見到是警車，露出可惜可恨的表情：

「警官，這裡紅線。」

「勤務，對不起。」

「買早餐是什麼勤務！」

「買一人份的早餐不算勤務，買我兩隻手快斷掉的早餐就是勤務。」

交通警察露出深奧的微笑。

因此羅蟄回到解剖中心已八點十一分，專案小組二十多隻電話、二十多隻手機，如同離開時那般地安靜，讓人懷疑是不是遭電磁脈衝炸彈攻擊過，一切停電、停止服務。

男人不好敲門叫富欣顯起床尿尿，小梅去，老丙陪她，順便進辦公室找資料。

一分鐘不到，小梅悄悄回來小聲地對齊富說：

「副局長，丙法醫請你過去。」

謀殺案由齊富的大嗓門喊出：

「我操，老丙，人是你殺的！」

7

凶刀插在富欣潁胸口，一刀斃命，不是菜刀，是老丙老婆叫老丙帶到解剖中心切水果用的，看不出牌子，雖不是ＷＭＦ，一如之前幾把，晶閃閃、冷冰冰，不帶丁點同情或憐憫。

老丙跪在屍體旁檢視，已無生存跡象，死的時間約在清晨五點，

「我六點四十二分進解剖中心大門，有不在場證明。」老丙抓門口警衛作證。

暫時無法判定凶器為一把刀或如以往的兩把刀，傷口周邊被血水淹得模糊，必須清理後再檢視。

「請鑑識同事來。」

分派至專案小組的四名鑑識人員立刻進屋維持現場，並採集證據。齊富下令封鎖消息，他得花點時間思考，他把小蟲喚進解剖室交代：

「已經叫台北市刑警大隊包圍解剖中心，不准人員進出，我、小蘇、你，對所有人員做執勤時間比對，必須彼此作證，沒人作證的那個就是凶手。」

富欣潁穿同一件睡衣，表情安詳，凶手趁她熟睡，未驚動她的一刀筆直刺下，可能連帶刺斷她的夢，不論美夢或噩夢。

「她昨晚吃安眠藥睡覺，向我要的。」老丙姿態變軟地自首。

「你有安眠藥？」齊富對此十分驚訝，他聽老丙鼾聲，對外誇讚老丙的睡眠品質渾然天成。

「她向小梅要，小梅向我要，我給小梅，小梅給她。」

「別想推拖你間接給她安眠藥。」

「哎，她吃了安眠藥睡得昏沉，凶手更方便下手，不然她會驚醒地叫，說不定不會受害。」

老丙對富欣穎的死深感內疚，悔恨寫在臉上，羅蟄無從安慰起。從表面的跡象看，室內沒有掙扎痕跡，除了睜大的眼睛。

「所有人員不准外出，外面人不准進來，自己寫從昨晚十一點到今晨六點的作息，靜候調查。小蘇，調每個監視器的畫面。小蟲，馬上叩天華和飛鳥，他們的人沒事吧？老丙、小梅，檢查何如春屍體。那個宅男助理呢？誰准他回家睡覺的？和小梅輪班？媽的，全員到訊息中心集合，我點名。」

遠在谷關的陳采姿沒事，石天華愣在螢幕裡，不久飛鳥也愣在螢幕裡，像衛星訊號不清，畫面於閃電的符號中停滯不動。

滋。滋。滋滋。

「小蟲，老丙的辦公室，你說的密室殺人？」

「不能算是，密室是封閉的，丙法醫辦公室的門沒鎖。」

「更正，我辦公室的鎖早壞了，市政府沒預算換新的，從我來這裡報到起，沒一天鎖過。」

齊富指白板上的平面圖：

「房間沒有窗戶，一扇門，我睡在會議室靠門這邊，誰進出老丙辦公室都可能吵醒我。大門口雙重警哨，山下一輛警車執勤，所有監視器沒一台故障，找不到凶手，連他的腿毛也沒看見，富欣穎死在地面的床墊上，你們說說，隨便天馬行空地說。」

螢幕內的飛鳥搶著說：

「冷氣管道呢？」

「查過了，」羅蟄不得不回答，「辦公室的冷氣機在外面，打牆穿孔接管子進來，沒有《不可能的任務》裡人能鑽進去爬行的空調管道。」

「報告副局長，屍體沒有中毒的跡象，年輕時我看過密室殺人的書，不像是福爾摩斯小說裡的《斑點的帶子》，可是很明顯，凶手是我們當中的一人。」石天華說。

「廢話，你怎麼不乾脆說我們全是凶嫌。」

「老大，」羅蟄直覺地糾正，「那是白羅的案子，《東方快車謀殺案》。」

「誰沒看過那些作家胡說八道的推理小說？我們是警察，哪個再提推理小說，我把他當場槍斃。你說，小蟲，你他媽的是乩童，陰陽眼，馬上看誰的頭上頂個新的冤魂。」

「新的冤魂？」

「對啊，新鮮的，胸口淌血，一臉烏黑。我不是乩童，你是，快檢視專案小組每個人。」

「看不出，我們要不要等小蘇的消息。凶刀送刑事局檢驗，特急件，該有結果了。」

小蘇高舉筆電衝進會議室，

「出來了，老大你看。」

螢幕呈現比對的凶刀指紋結果。

「咦，不是何如春的指紋，不是李蘋蘋、張傑瑞的？一定是老丙的。」

「副局長，比對出的結果在下頁，要不要我按到下一頁？」

「按，為什麼不按？」

小蘇為難地看看在場所有人。

「按！」

小蘇按了。

下一頁是比對出的兩個指紋，左邊採自凶刀的刀柄，右邊是比對結果，是飛鳥的。

「幹。」螢幕內遙遠的女人聲音。

白板成為齊富的最愛，他快速地跺步，其間偶爾停下寫白板。

「我們現在確定，凶手為方平，男性，二十二歲，母親藍月眉現於屏東療養院。方平涉及十年前宋守成命案，凶器也是尖刃主廚用菜刀。見過方平如今長相的人有限，富欣穎死後僅剩現於谷關保護中的證人陳采姿，但她記不清方平，也就是周賜福的長相。找催眠專家，他們說不定能從陳采姿腦子裡弄點周賜福的三圍出來。」

「長官，」石天華透過視訊說，「我們公開凶手是方平會不會太粗糙了點？」

「你的意思？」

「通緝ＷＭＦ菜刀連續殺人案凶嫌改成周賜福。認識方平的人有限，十二歲以後他是周賜福，廟祝說他是周賜福，以周賜福的姓名入學念完中學六年，不可能沒人認識他。好吧，他可能再改名，但我們有的是周賜福，通緝周賜福的成功率比方平大。」

「好，同意，嘉獎一次。」

「飛鳥呢？」小蘇發言，「凶刀上面的指紋是她的。」

「你想怎樣，我奉命守在谷關，不在場證明的證人幾十個，不信問石天華和谷關所有執勤警員。」

「依程序我們還是得偵訊飛鳥。」

「請督察室派人偵訊飛鳥。」

「老大，我們現在沒時間搞程序。」飛鳥反對。

「那由小蟲偵訊妳。老丙從產房出來了，老丙，輪到你說。」

老丙摘下口罩，

「傷口一處，我和小梅看了好幾遍，不是重疊傷口，一個傷口。我示範，小蟲躺下。」

羅蟄一臉無辜地平躺於地面，老丙拿起一把不是凶器但仍面露凶光的牛油刀戳在羅蟄胸口。

「富欣穎熟睡中，她累了好幾天，吃了藥，昨晚一睡想當然耳地不知人事，至今晨五點左右是她最好眠的時段，凶手潛入屋內，不是像過去舉起刀使勁刺去，是將刀尖對準她的心臟，兩手壓在刀柄尾端，抬高上半身，以身體和兩臂的力量把刀子往下壓。」

「聽來像塞吸管進西瓜。」

「鑑識組確認凶器新磨的刀鋒，刀尖更鋒利，用相當的力量下壓，能於最短時間內刺進死者胸膛，來不及呼救。」

「意思是？」

「這次他不用擔心摸刀柄破壞指紋，他根本不必碰刀柄，碰的是刀柄尾部。」

「老丙，我壓壓看，這樣壓對不對？能把刀子壓進人的胸口？得力氣大，身體重，我力氣不夠，小蘇，你來壓壓看，別怕，小蟲身體好，頂多淌點血。」

「請各位長官別拿我開玩笑。」

「為什麼飛鳥的指紋在刀柄？」齊富轉頭問。

「我哪知道。」小蘇如釋重負地放下牛油刀。

「這次的指紋是新鮮的囉？」

「新鮮。」

「飛鳥，妳的指紋可能被什麼人取去嗎？」

「最近我都在專案小組，容易採到我指紋的是我的筆電和馬克杯，都在桌上。要不然景美的咖啡館、警車、解剖中心女生廁所、丙法醫辦公室。」

「確定沒摸過這把刀？」

「說不定，誰記得。」

齊富看了老丙一眼，老丙的白眼翻向天花板。

「報告。」羅蟄有話說，「凶手打破規則不再用前一名死者的指紋，不再用ＷＭＦ菜刀，說明他不是要攤牌，就是要逃了。」

「攤什麼牌?怎麼逃？」

「用飛鳥指紋的目的無疑存心譏笑警方無能，媒體知道以後，新聞大標題不是他再殺了一個人，是刑警被凶手愚弄。凶手因愚弄警方成功而得意。他既然能進專案小組，當然知道我們追索方平和周賜福，正因鎖定的方向正確，順利達成目的，他不能不為了自保撤退。」

「挺複雜的。他想攤這個牌而已？」

「我猜他會向警方提出要求。」

「什麼要求？」

「誰都知道向警方勒索拿不到錢，恐怖分子會要求釋放關在牢裡的他們同夥，以前不是有搶銀行的劫匪以假的爆炸案吸引警方注意，他們好搶銀行。」

「他們搶銀行？」

「我是說凶手要求什麼，仍不詳。」

會議被打斷，警政署長與刑事局長、台北市警察局長一起光臨台北市相驗與解剖中心，偏偏這時電視新聞播出快報，畫面正是解剖中心的大門。標題刺眼：

六天、五天、四天、三天

第六名受害人死在菜刀連續殺人專案小組

署長瞄了眼會議室大螢幕上的新聞扭頭問齊富：

「怎麼辦？」

署長隨扈敲門進來貼著署長講了一句話，看似很重要的一句話，所有人看著臉色益發沉重的署長。

「富議員在門口，他是死者父親，我不能不請他進來。齊老大，我們哪個去安慰他？還是哪個去挨他的拳頭？」

齊富戴上警官的大盤帽，爽快地回答：

「報告署長，我去。」

「死了，黑道議員揍刑事局副局長，副局長不能抵抗，不能控告，還可憐地不能請假，齊富死定了。」老丙就著羅蟄耳邊輕聲地說。

老丙不是齊富，以齊老大長年練出的擔待能力，他絲毫不驚慌地大步走出訊息中心，富議員坐在陰暗的走廊一角，齊富上前，脫下帽子坐在旁邊，兩個男人四隻手肘支在大腿低頭地沉默好久，富議員總算開口：

「齊副局長，你爸本來想一進來就扁你，剛才坐在這裡忽然想欣顯是我女兒，我女兒嗎？幹！她是我女兒欸，為什麼我想不起她的樣子？剛生來的樣子、三歲的樣子，記者問我有沒有她的相片，」他將手機往齊富眼前堵，「你幫我找，我手機裡一千多張照片，沒有一張她的！」

齊富一隻手攬住富議員的肩膀，兩人繼續坐了好久，直到吵鬧聲傳進來。

解剖中心外，大雨中面對圍上來的記者群，畫面像極了一群鴿子朝掉落地面的一包爆米花俯衝攻擊，當然也可以說是一群禿鷹，意思相同。

齊富簡短說明死者身分與案情，表明已向警政署與刑事局請辭所有職務，未被解職之前，他已獲得內政部同意對周賜福發出通緝令，請認識周賜福的人向專案小組聯絡。

他沒提凶刀指紋是飛鳥的。

記者關心的不是過去，是未來。一位女記者尖聲發問：

「副局長，你們曾說凶手按六天、五天、四天、三天的間隔殺人，三天的已經過去了，接下來是兩天的嗎？那後天又有一名死者？」

「你想怎樣？」老丙在會議室對電視的直播畫面吼。

他挺齊富。

「我們真的剩下兩天，其實只有今天和明天，如果今天應付媒體用光，只剩明天一天。」

電腦螢幕裡的飛鳥嘟起兩片嘴唇。

「小蟲學長，你一定有主意。」

「正在想。」

「你不是乩童？能不能用一下你的陰陽眼。」

難得飛鳥肯定羅蟄之為乩童——或者乩童之為羅蟄？

得花很多時間解釋他的陰陽眼能力有限，不過羅蟄凝神留意飄在天花板灰灰如煙似的影子。

警方始終追的不就是影子？十年前的方平影子。

8

大雨下得各地傳出災情，蘇花公路中斷、高雄與台南市區淹水、台北市與新北市持續緊閉淡水沿岸水門，最慘的是辛亥路旁的中埔山連日第五度爆發土石流，雖然只是一小撮泥土和幾棵樹，足夠把開通不到半天的道路再次埋了。

初步決定將飛鳥喚回台北，她的指紋出現在凶刀上，即使不被視為凶嫌，也必須接受調查。麟山鼻可能受害人仍健在的只剩陳采姿與朱心怡，朱心怡不在台灣，凶手若再要下手，目標一定是陳采姿。刑事局長怕再生意外，下令飛鳥與石天華帶陳采姿回台北解剖中心，為保護專案小組的安全，周邊警戒增加到三層，管制範圍拉到辛亥路，設行動中心於山下的第二殯儀館。

解剖中心警備由霹靂小組接手，增設監視器，連老丙辦公室、廁所、後院吸菸區，凡建築藍圖上有的彎角處一律裝設。

齊富隨局長、署長去行政院報告案情，專案小組暫由羅蟄負責，沒別的選項，一切維繫在聚焦於證人陳采姿的警匪對決。

空中警察直昇機吊走一干巡視並下指令的長官，接手的霹靂小組發現一名陌生人穿長筒雨鞋、雨衣爬過亂石爛泥，不客氣地以每分鐘發射八百發子彈的MP5型自動步槍押解他至大樓前，全身檢查。羅蟄不能不走進槍口下打開陌生人帶來的疑似爆裂物金屬保溫便當盒。

「你怎麼來了，這麼大的雨。」

「今天不打架，電視上播你們這裡又死了一個人，山路崩塌，婷婷擔心你沒東西吃，叫我送來。」

羅蟄想抱羅雨，沒抱，該抱婷婷，能改變男人的不是神明、父母，是女人。丙法醫說的，能讓男人停止流浪而留在某個地方是女人，某個令人捨不得離開的女人。

「忙，沒空請你進來喝咖啡。」

「少來這套，羅蟄，講清楚，我的生活你少管，我也不管你的閒事。婷婷說如果你失業，來我們店吃飯，可以記帳。」

坐在警衛前的大廳內吃仍維持相當溫度的米粉，MP5的槍口聞到香味不時掃來。

「死這麼多人，你們怎麼辦？」

「小雨，我不能透露案情——婷婷的米粉一流。」

「我煮的。」

「好，你告訴她，她叫小雨煮的米粉一流。」

「我回去了。」

「坐坐，風大雨大，等雨小一點。」

「小雨坐在第二殯儀館上面等雨小？」

「終於見到你說笑話，婷婷有孩子？」

「兒子，可愛。」

「她改變你還是她兒子改變你？」

「說不上來，她們連在一起，你會問賣早餐的，三明治裡的火腿好吃還是起司好吃嗎？」

「火腿重要，起司也重要。」

「小蟲，你們這裡怪怪的。」

「怎麼怪？」

「明明擠滿警察，到處是槍，還是冷冷的。」

「你說的怪怪的其實是冷冷的？」

「記不記得以前我中邪？冷得我不停地發抖，你這裡差不多那麼冷。」

「屍體太多。」

「要不要請和尚、道士念經？」

羅蟄想起十七歲那年，羅雨成天學他起乩地亂叫亂跳，被路過的陰靈附身病了好久，爸媽每天進宮廟燒香求神，光法事就做了十幾場。

「等忙完，法事一定要做，幫助死的人遺忘過去，幫助活的人記得他們。」

「到山腳就覺得不舒服。」

「你那次中邪，感覺到其他的？」

「很多聲音，喊同一個名字。」

「記得名字？」

「不記得，醒來忘光光，是熟悉的名字，應該是北門鄉親。」

「陰靈很少找仇人，他們執著，找放不下的人。」

「好像這樣，我那個陰靈喊名字的聲音溫柔。我不是昏迷好幾天嗎，耳朵旁的聲音一再重覆，直覺他找家人，說不定找情人。」

羅蟄停下筷子，忽然想起環繞於解剖中心天花板下灰白的、如煙霧般的影子，他們找仇人、家人、情人，凶手殺了這麼多不相干的人，他真正要殺的是誰？

「真的得走了，這兩天雨大，大家懶得出門，外賣的生意好，回去幫婷婷。」

羅蟄陪他到亂石堆前，直昇機又來到山腰上空盤旋的放人下來，飛鳥就是不肯穿長褲，害得MP5槍口朝下，所有警員的臉孔朝上。

「小雨，放假和我一起回家。」

「再說啦。」

「爸媽欸，難道你不好意思見他們？帶婷婷和她兒子一起去。」

「羅蟄，送來的米粉三人份，一次不要吃太多，對腸胃不好。」

「囉嗦。」

「你女朋友從天而降。」

「不是我女朋友。」

「隨便你。」

羅雨翻過土石區回頭對羅蟄喊：

「婷婷叫你來吃飯，周一最好，我們公休。」

羅蟄懂，是女人使羅雨放鬆繃了這麼多年的神經，再給他點時間吧。看看已落地的飛鳥，女人體內的確隱藏男人難以想像的力量，但應該不是所有女人。

「嗨，飛鳥。」

「飛你媽的，你做我筆錄對不對！」

富欣穎的死加深陳采姿的恐懼，羅蟄沒偵訊飛鳥，倒是和飛鳥再次聯手偵訊陳采姿，她固執地認定某些細節尚藏在陳采姿大腦皺摺縫隙。

「你們去石門明聖宮上廁所、喝啤酒，深夜，廟裡真的只有周賜福一人？他指導你們向神明求籤，再回想看看廟裡有沒有不尋常的地方？」

「沒留意廟裡除了周賜福還有什麼人，只記得他。本來想回露營區睡覺，很晚了，我不習慣晚睡，朱心怡人來瘋，和李蘋蘋搶擲茭杯，後來兩個人各擲各的，李蘋蘋求發財，朱心怡求她自己的，她不肯說求什麼。」

「周賜福的個子高矮，長得帥嗎？」

「記不清，普通大學男生那樣，不到一七〇，瘦瘦的。他會念經，念給神明聽的經，我一句也聽不懂。念完經再叫李蘋蘋擲筊杯。態度很專業，李蘋蘋好像很信他，說另外約他喝咖啡。」

「在宮廟拍照了嗎？」

「拍了，至少我、張傑瑞、李蘋蘋，心怡，那個叫什麼建弘的叫比較胖的何如春幫我們拍。」

「照片還在手機內？」

滑開貼粉紅外殼的iPhone，手機內關於那天晚上的照片不多，攝於宮廟內的則模糊不清。

「不只我的，其他人拍的也都模糊，人家說不可以拍神明，硬要拍就會這樣。」

「周賜福不在裡面？」

「有，這裡。」

他躲在張傑瑞後面，何如春幫陳采緻的手機按下快門的剎那，判斷周賜福刻意晃動，看得出是個男人的頭像，看不清五官。

「富欣潁沒拍？她手機內沒有宮廟的合照？」飛鳥質問羅蟄。

「毀了，周賜福叫她全部刪掉。」

飛鳥以「都是你的錯」的眼神撇過羅蟄。裝沒看見，羅蟄摸摸鼻頭。

「你們半夜離開明聖宮？周賜福呢？」

「那時很亂，根本沒留意。」

「陳小姐，妳長得很漂亮。」飛鳥的笑容缺少真誠，像進菜市場稱讚賣水果的，今天的柿子看起來不錯。「很多男生追妳？」

「有過，現在沒有。」

她指其中一張照片：

「妳和朱心怡，感情很好？」

「大學我們住同一間宿舍，第二年不能住宿舍，我們一起租公寓。」

羅蟄伸頭去看，一個梳公主頭的美女，一個剪短髮看來運動型的活潑女孩。

「不是你們想的那樣，朱心怡也有男朋友。」

「朱心怡的男朋友跟她去歐洲？」

「她就是因為和男朋友分手，心裡難過臨時決定去歐洲。」

「見過她男朋友？」

「沒，她搞神祕，兩個星期根本找不到她人，突然說她要去歐洲。本來我們講好去日本。」

「男朋友的名字？」

「她都說我男朋友，去歐洲前Line我，你們看。」

一行簡短的文字：

我登機了，回來見。

「又一個心碎的人。」羅蟄無針對性地脫口而出。

「不要摻雜個人主觀意識。」飛鳥很針對性。

「朱心怡和這個叫男朋友的男朋友在一起很久？」羅蟄覺得他也該提出問題。

「不久，我們一起去露營之後認識的，之前沒聽過她提男朋友的事。最討厭過年，最討厭和親戚吃飯——」

「愈長愈漂亮啊，一定有男朋友，什麼時候結婚啊？快三十了吧，還不結婚？妳媽媽不講妳。」

飛鳥拉尖嗓子模仿。

「我們女生和親戚在一起——」

「被催婚的語言家暴。」飛鳥的結論。

「吃過年夜飯就回我和她租的公寓，天天看電視、上網，悶得難過，找她去麟山鼻露營。」

「妳失戀？」飛鳥不在意別人的感情傷口。

「去年底的事，不小心交到白目男朋友。」

「大部分男人都白目。」飛鳥很個人主觀意識地說。

「他把我和他去日本泡溫泉的照片ＰＯ上他的臉書。」

「真的白目。」輪到羅蟄說。

「結果被他女朋友看到。」

「他劈腿？」羅蟄再問。

「他說是他的前女友。」

「妳男友是電腦工程師，他們都白目。」飛鳥可能交過工程師男友。

「他和你們一樣，警察。」

「警察更白目。」飛鳥沒看一旁的羅蟄。

「等等。」羅蟄打斷飛鳥的話。

羅蟄腦中翻起各種片段的印象，對，還有一名死者也是警察眷屬。

「周亮武的兒子是警大學生。」

飛鳥終於轉過臉認真地看羅蟄。

「方平媽媽的男朋友宋守成也是警察，難道凶手痛恨警察？」

她再看陳采姿：

「妳也和警察有關係？」

「有又怎樣！」

飛鳥緩下口氣：

「采姿，朱心怡出國前，妳和她見過面？」飛鳥關心起朱心怡。

「有啊，我們天天見面，妳忘記我們住一起。」

「聊些什麼？」

「她喜歡旅行，有很多計畫。」

「真好。」羅蟄直覺地回答。

「能夠聯絡上她嗎？」飛鳥撇開羅蟄。

「她一向這樣，出國不上網，不接電話，想打大概山裡也沒訊號，她喜歡爬山，一直說要去走白朗峰。」

「再想想，她總得和家人打個電話吧。」

「啊，想起來，說不定莎莎知道。」

「誰是莎莎？」

「我們以前的同學，讀完大一輟學去義大利都靈念工業設計，心怡和她很好，都是outdoor派。等等，我找找看。」

陳采姿的手指在鍵盤上一陣忙碌，

「找到，要不要我傳訊息問她？」

「麻煩，最好直接通話，這個時間歐洲人還在睡覺，恐怕不會看text。」飛鳥很瞭時差，不在乎吵醒她不認識的莎莎。

「沒人接，我text給她好了。」

「找得到莎莎的台灣家人嗎？說不定問得出她的市話。」

羅蟄終於了解飛鳥的決心，他悄悄從椅面抬起屁股。

「肚子餓吧，要咖啡？小蟲學長，你煮了咖啡沒？」

「應該還有。」羅蟄趁勢起身。

「好，黑咖啡。」陳采姿看看老丙辦公室，「我不想睡那間，飛鳥姐，有泡麵嗎，韓國辣的那種。」

「我找找。」

羅蟄退出會議室，在偵訊陳采姿的任務裡，他被飛鳥delete掉了，不過還有其他事。他想到不知聽哪位長官說過，一切現在解不開的謎，必定在過去。

邊講電話，羅蟄邊於白板上寫下新的訊息：

周亮武，計程車與Uber司機，已婚，一兒一女，兒子是警大學生。

吳建弘，北科大學生，和何如春曾經同一補習班的同學，家中無警察眷屬。

張傑瑞，已婚，與李蘋蘋發生婚外情關係。

李蘋蘋，未婚，房仲，曾數度與張傑瑞為他不肯過夜的事吵架。

何如春，父母住雲林，其父剛於電話中承認何如春是領養的，是其妻弟弟的兒子，弟弟……

「再說一遍，何如春不是你親生的？你老婆的姪子？何如春的父親是——什麼，宋守成！」

何如春的生父是宋守成，當宋守成死亡後，他的妻子才知道老公搞了多年外遇，一氣之下拋下兒子離家出走，由宋守成姐姐，也就是何文明的妻子領養，並改姓何。

串上了，找出凶手的殺人動機。藍月眉的兒子方平殺死宋守成後離家，他恨宋守成毀了他的家，長大發現母親因精神病而下落不明，累積的仇恨使他決定殺宋守成的兒子出氣。

方平現為周賜福，可能以女生的化名在網路上結識何如春，引誘他深夜到明聖宮會面，意外地，何如春帶去其他六名朋友，周賜福見人多不方便下手，拖延到上星期。

他為什麼先殺與露營七人沒關係的周亮武？

周亮武五十四歲，開了三十年計程車，見過很多人，他看出周賜福意圖殺人而勒索周賜福引來殺身之禍？

人的過去太複雜，而且一下子他得清理出八、九個人的過去。

外面雨沒停止的跡象，後面的屋簷下仍蹲著小梅，雖然口罩拉到下巴，眼睛卻戴解剖時用的護目鏡。

「要菸？」

「不用，謝謝。」

「對，飛鳥警官不喜歡聞到菸味，前幾天她對我抽菸一直皺眉。」

「她？她更不喜歡廟裡燒香的煙味，說我每個毛細孔都噴出煙味。」

「飛鳥好硬。」

「誰碰上她誰倒楣。」

「所以你受傷？」她指心臟，「這種傷要電擊。」

「小梅，妳太聰明。」

「不聰明，你們男生太不用腦子而已。」

羅蟄蹲到小梅旁邊。

「飛鳥也這麼說。」

「說你？」

「說另外半個地球給男人住，未免浪費。」

「你果然受傷。」

「丙法醫發現新的證據沒？」

「想知道？對破案沒幫助，對富欣穎不好意思。」

「說來聽聽看，一定保密。」

「富欣穎手腕上十幾個香菸燒出的疤。」

羅蟄好久沒出聲。她是市議員、角頭老大的女兒，家勢顯赫，從小到大沒人敢惹，可是外人看不見富家內部既是血親卻漠不關心乃至於相互競爭的壓力。富欣穎不是美女，長得像她爸爸，兄弟姐妹十多個，她小時候騎在爸爸肩上過嗎？和她交往過的男生了解她嗎？

「我不懂女人，小梅，妳是醫生，問一個女人的問題不在意吧？」

小梅看著雨，羅蟄也看著雨繼續問。

「我見過割腕的女生，富欣穎拿菸頭燒手腕，表示她的悲傷還是憤怒？」

「都有，說不定還有徬徨、無奈？」

周賜福的出現對富欣穎而言，某種靈魂的依靠，大雨下的屋簷、斷電夜晚手機螢幕的藍光。周賜福過完寒假回上海上課，富欣穎明白屋簷坍了，手機沒電了，她的經驗豐富，每個男人最後總有甩掉她的藉口。

「來根菸吧。」

小梅的Zippo點著羅蟄嘴角的薄荷菸。

他們把煙吹進雨林，任由彈起的雨點濕了褲腳。幸好夏天，冬天在多雨的山區上班，日子不好過。

「是啊，冬天不好過，但我喜歡冬天，喜歡空氣裡冷冷的氣味，凍得鼻子冰冰的，躲在保暖衣、毛衣、雪衣裡面，不必擔心身材好不好，而且冬天每樣食物變得好吃。你吃過麻辣鍋？」她停頓了一下，「台灣的夏天實在太長了。」

「小梅，妳沒差，上班到下班待在冷氣開得比冬天還低溫的解剖室。」

「第一天來實習，回去馬上感冒。」

「妳看起來不像會感冒的女生。」

小梅透過長霧的護目鏡看羅蟄：

「小蟲警官，每個人都有感冒的時候，不感冒的人一旦感冒會要命。」

「所以常和細菌相處常保安康。」

「喂，你真的是乩童？」

「曾經。」

「哇，聽起來你不當乩童和失戀的心情一樣。」

「不會，失戀讓人難過，抓不回過去，不當乩童不難過，它還在。」

「你有陰陽眼嗎?從我身上看到什麼?」

羅蟄瞪大眼地看。

「妳有沉重的過去，父母還在嗎?」

「祖母剛走。」

「感情深厚?」

「我是祖母帶大的。」

「難怪，妳背上背了她的靈魂。」

「別嚇我。」

羅蟄沒有開玩笑，認真地看每一個人，幾乎都背了點什麼，灰灰、淡淡、搖晃的如煙般的模糊影子。過去，大家都不知不覺地在成長過程裡，背起某部分的過去，有些沉重，有些溫暖。小梅年輕，但也有過去。

「別當真，小梅小姐，我不當乩童很久了。」

「聽懂，意思是你曾經乩童，可是回不去了。」

「隨便妳怎麼解釋。」

「上網看，你們乩童要閉關七天學法事，只能吃水果，不能睡覺?」

「我關了七七四十九天，睡不睡覺，不記得了。」

「那你，曾經乩童的小蟲警官，人家說陰陽眼可以看到人的靈魂？」

「看到靈魂的是溫府千歲，我只能看到模糊、朦朧的影子。」

「什麼樣的影子？」

「像半夜妳站在巷子口，好像應該回家，可是又有什麼事讓你不想回家的那樣徘徊。」

「聽不懂。」

「老實說，我也不懂。喂，妳為什麼想當法醫？」

「你上次問過。」

「妳的回答太徘徊。」

屋簷外的雨水與兩人噴出的煙混在一起，無數迷路的靈魂隨著雨滴留下瞬間消失的腳印。

「好吧，小蟲警官，我對解剖有興趣是想看看人是不是都一個樣？」

「有點玄。」

「不玄，你看，你和我就長得不一樣，可是醫學上說我們生理結構一樣。」

「我有一顆心，她也有一顆的那種一樣？」

「應該不一樣，你的心和我的心絕對不一樣。」

「哇，小梅，你當法醫的動機很哲學。」

「好奇而已。」

「喜歡看人體結構，嗯，妳不想看靈魂？」

「不想。」

「為什麼？」

「看過了。」

小梅扔下菸，拉上口罩地將羅蟄甩在隨時飄來的雨霧裡。

女人果然不喜歡乩童。

9

「小蟲學長，你明天去機場接朱心怡。」

飛鳥聯絡上朱心怡，她在羅馬機場準備登機返台。

「現在？」

「她明天晚上到。」

飛鳥已經不知怎麼成了專案小組代理召集人，石天華朝羅蟄做出投降的姿勢。

朱心怡和陳采姿通了十幾分鐘的話，沒提到重點，飛鳥不耐煩地搶過電話，就成為她指揮羅蟄的理由。

「朱心怡說了，她失戀的對象是周賜福。」

厲害，周賜福騙了富欣穎再搞上朱心怡，就為了殺何如春？

她傳了照片過來，清楚一點，仍因周賜福晃動而無法由鑑識小組透過刑事局大數據辨識出身分。她和周賜福頭碰頭的幸福照，奇怪的是彷佛一面不透明玻璃擋住周賜福的臉。

鑑識組初步判定，可能在按快門的剎那，什麼東西掠過周賜福面前，推測是他的手。

他存心不想留下相貌。

朱心怡對周賜福的了解有限，他說在台大念碩士班，學的是歷史，放假常回石門看養育他的廟公，平常家教兩名中學生英文與中文賺生活費。他的英文很好，已經通過托福，因為學費還沒存夠，暫時窩在研究所。從來不提生父生母。

周賜福說謊，他對富欣穎說在上海念書。

錄音中聽出她說話保守，閃躲很多問題，飛鳥一再以連續殺人事件嚇她也效果不大。朱心怡說她回到台灣再說。飛鳥馬上查班機，這時羅蟄一股菸味地進來，她以不容羅蟄質疑的口氣說：

「小蟲學長，你明天去機場接朱心怡。」

如果如六天、五天、四天、三天、兩天的間隔不變，明天被殺的可能是陳采姿，可是她在霹靂小組戒護下的台北市相驗暨解剖中心，警方不會犯同樣的錯誤，早替陳采姿披上隱形披風。

根據《警察勤務裝備機具配備標準》的法規，警員執行勤務時除制服，尚需穿防彈背心，戴防彈頭盔，防彈背心外再罩反光背心，隨手可取得的手電筒、噴霧器、警笛，腰間配掛警棍、手槍、電擊棒、手銬、防暴網。

羅蟄檢查陳采姿的新打扮，少了手槍、手銬、防暴網，不過仍然近乎千年鷹號升起防護罩的安全程度。

陳采姿胸前另有微型攝影機，和訊息中心連線，手上拿無線電手攜機，嘴前掛即時呼救麥克風，兩名女性霹靂小組成員二十四小時保持在兩步的距離內，比宮廟的門神更貼近神明。她休息的地方是訊息中心的中央，前後左右全是忙碌的刑警，凶手想殺她，不能用菜刀，得用炸彈。

為保明天返台的朱心怡安全，飛鳥已和空警局聯絡過，下飛機起一路專人護送，與空警一起在機門口等待的是羅蟄。

不能不承認她的效率驚人。

萬一——飛鳥認為不可能有萬一——若陳采姿明天被殺，三天、兩天之後是一天，朱心怡是剩下的唯一目標，在機場決戰嗎？

「何如春是宋守成的兒子？」

齊富回來了。

「你什麼時候發現的？小蟲，你心眼小，給我記住。」

飛鳥火了。

「私人恩怨破案後再說，聽好，知道誰是凶手就好辦，小蟲，別再當自己是刑警，當自己是凶手，從明聖宮到何如春住處，想自己怎麼殺何如春。人現在長什麼模樣是因為過去怎麼折騰自己，線索絕對在過去。」

原來過去、現在的理論是齊老大說的。

第四部

1

「因為宋守成當過警察，方平就恨所有警察？」

石天華開車，一路超速奔往平溪。

羅蟄沒回答，和警大通話，找到周亮武在警大念書的兒子，聽見仍稚嫩的聲音說，有天他爸叫他穿警大制服一起去石門的一處宮廟，他在外面的計程車旁等，周亮武進廟和一名瘦弱的年輕人講話，不時指指廟外的他。

本來他不肯去，周亮武罵他不孝，聲音大到引起鄰居的注意，是媽媽推他隨爸爸去。

好像是一筆債務，廟裡的年輕人向周亮武借錢不肯還，周亮武帶兒子假裝警察要抓對方。

「討債？」石天華略略減速。

「周亮武兒子說他爸爸精神亢奮，事後還叫他回警大查人事資料。」

「人事資料？」

「對，周賜福念過警大，不到一個月，忽然不再上學，教務處找不到他，就註銷了他的學籍。」

可能周亮武載何如春去明聖宮，等回程時無聊，在宮廟裡閒逛，東問西問地問出一些關於周賜福的事情。明聖宮於深山中，平常香客或遊客不多，沒人攔阻或監視他。

之後周亮武又去了一次，潛進周賜福的房間找到身分證明，兒子見到父親秀給他看的周賜福警大學生證、體檢報告，兒子沒細看，他覺得被爸爸利用，很怒。

「因為學生證被偷，周賜福就這樣殺周亮武？說不過去。」

「到他家再問問，說不定能找到周賜福的學生證，其中或許有關鍵證據。」

「上次我漏掉周亮武的手機，還漏掉學生證，」石天華一拍方向盤，「我還果然漏掉不少東西。」

周太太依然忙著賣天燈，她不情願地捧出一個紙箱，裡面是周亮武的遺物，錢已提光的舊存摺是證物，連續四個月帳戶內定期匯入三萬元。

「敲詐周賜福？」

石天華拿存摺向專案小組回報，向銀行查匯入的帳號與所有人。小蘇說得花點時間，要先說服檢察官。

「沒時間，小蘇，凶手午夜十二點以前要殺人。」

翻到體檢報告，是警大用的入學體檢表，除了一般數據外，潦草的筆跡寫下「複檢」二字。是警大入學後的體檢，也許周賜福體檢未過才輟學。

「不對勁。」

石天華收起存摺接過體檢表，拿到陽光下辨認醫師的簽名。

「小蟲，你大概不記得了，幾年前一位警大特約的醫生慘死於五股的汽車旅館，因為和警大有關，我印象特別深刻，應該是他。」

上午負責清潔房間的歐巴桑按門鈴沒人回應，便拿鑰匙開門，發現這宗命案。床上躺著全身赤裸的男人屍體，呈大字形，性器官掛著垂頭喪氣的保險套，空洞地見證死者想做卻未做或未做完的……愛？

事後驗屍報告寫死者身中十一刀，鮮血染紅大半張床，保險套內雖進入備戰狀態，未使用，裡面皆無第二人的ＤＮＡ。

「對了，法醫正是老丙。」

老丙對此記憶深刻，當時新北市警局推測為情殺，旅館監視器顯示死者與一名長髮、短裙女子下車進房間，按照女子超高高跟鞋與緊身短裙的穿著來看，像是妓女，不過太陽眼鏡與假髮遮蔽她大部分的臉龐，無法確定女子的長相。

浴室採集到死者的血液，推想女子殺人後淋浴，洗淨濺到身上的死者血跡後才離去。

監視器內離去的女子換了件大Ｔ恤，提一個塑膠袋，她換下衣服帶走，不留證物。

不是一時口角而殺人，是預謀殺人。

警方對室內一寸寸採證，找不到女子的ＤＮＡ，倒是解剖發現死者體內酒精含量遠遠超標，可能男人進旅館時已酒醉，上床後不及反應即被女子亂刀刺死。

「啊，因為那個醫生被刺了十一刀，不是一刀斃命，我疏忽了和菜刀案的關係，雖然十一刀，沒錯，致命的仍然是胸口那刀。」

體檢被判「複檢」而殺死檢查的醫生？進旅館的女人和周賜福又是什麼關係？如果體檢發現周賜福生理有某種不符合警大要求的疾病，可以寫在體檢表上，為什麼只寫「複檢」？後來複檢了沒，結果如何？

周亮武憑體檢表足以勒索周賜福？

再翻，紙箱內沒其他東西了，石天華不甘心地從周亮武與妻子臥子找到廚房，在最醒目的客廳電視機旁，從一堆舊雜誌、報紙裡抽出一張X光片。

很怪，沒人會將X光片這樣亂塞。

「兒子的，在老仔的遺物裡，我捨不得丟，忘記還給兒子。」

不是這個周家的，是另一個同樣姓周的，X光片一角白筆寫了名字：周賜福。

「先拍下來傳給我，趕快回來。」老丙在手機那頭喊。

回程的車上，羅蟄閉起眼，他懂齊富說的進入凶手人生的意思，他逐漸能抓住凶手的心理。

方平十二歲殺死母親的男友宋守成，離家逃亡的那段日子當然不好受，長大後曾經想進警大，動機可以是受宋守成影響想當警察，可以是企圖了解警察工作情形以便向警察報仇，當然也可以說他後悔童年時的犯行，進而想當警察地重新做人。沒想到居然體檢不過，羅蟄記得被體檢刷掉的大部分是十八歲年輕人忽略的生理數據，他那屆三名同學因血壓過低未通過，他們過去活蹦亂跳地天天打籃球，從未量過血壓，原來低血壓可能造成休克或死亡。還有一人長短腿，自己都不知道左腿比右腿短了一點五公分，這種先天缺陷會使人沒緣由地暈眩、無法久坐、無法長時間行走，甚至無故摔倒。

方平體檢未過的原因是什麼？十八歲，好不容易能決定自己的命運，但人生卻演連續劇似地延續他倍受挫折的人生，羅蟄感受到他的憤怒。

刻意尋找或湊巧得知宋守成留下的兒子何如春，方平將所有怒氣發在這個完全不知已被鎖定的男孩身上。第一次利用網路交友引誘從沒交過女朋友的何如春到明聖宮，半夜是殺人的好時間，卻被張傑瑞那一群人攪亂，還引來豺狼似的司機周亮武。

第二次他利用女色接近何如春，說明何如春的日常開銷突然間增加，而一再向父親何文明伸手要錢，交女朋友花錢哪，每期買樂透想發財，難道周賜福找個女人去勾引何如春要房子、要車子？從何如春，回想汽車旅館內被殺死的醫生，方平的犯罪有至少一名共犯，看來應是他的女朋友，了解、體諒方平人生裡的一再撞牆，不計後果地協助他。

原本離開平溪後將去明聖宮，齊富電召他們回去，丙法醫要看X光片。

「老丙看了你們傳來的照片，畫面不清楚，可是他悄悄對我說，他可能破案了。」

「凶手是誰？」

「欸，老丙是法醫，學醫的鬼鬼祟祟，沒百分之百的把握死不肯鬆口，他要看原片。」

「馬上回解剖中心。」

「不要，」齊富不尋常地放緩口氣，「到你弟羅雨的黑白切小店，那裡只有你、我、飛鳥知道。」

「老大怕有內奸？」

「我怕？我齊富快退休的人，天不怕地不怕，操，老丙說他不想其他人知道，我想景美不遠，而且，嘿嘿，小蟲，對面有藝伎咖啡，幾天沒好好睡覺，我需要大量品質一流的咖啡因。」

2

從沒見過老丙如此焦慮，將X光片貼在小店玻璃上左看右看。婷婷見到羅蟄最高興，她說認識羅雨以來從沒見過羅家的人，不確定羅雨會不會哪天忽然不見，羅蟄出現讓她吃了定心丸，而且她覺得羅雨最近開心多了。

至於羅雨，照常窩在廚房內不曉得忙什麼，桌上三道菜：番茄炒蛋、麻油腰花、客家小炒，和一大盤金瓜米粉，只石天華一人吃得滿頭大汗。

還是哥哥委屈地進去找弟弟，羅雨倚在後門抽菸，將一盒菸扔給羅蟄，不是薄荷涼菸，長壽。

「下次來早點通知。」

「沒關係，有什麼吃什麼。」

「你沒關係，我有關係，你們一走婷婷又要念半天，說我怠慢老哥。」

「婷婷比你對我好。」

羅雨斜眼瞄羅蟄。

「你們要破案啦？」

「大概，看丙法醫的，他說他要破案了。」

「中秋回去。」

「回哪裡？」

「北門。」

羅蟄倚後門另一邊的門框，兄弟倆一左一右像門神。

「好，我請假陪你們。」

「你打電話。」

「我打。」

「去的當天再打，不然——」

「不然老爸老媽一整晚睡不著。」

「帶什麼回去？」

「中秋，月餅囉。其實你、婷婷和她兒子足夠了，你們是主角。」

「這麼多年我終於成為主角。」

「小雨，還要跟我計較這個！」

「讓我計較一次。」

羅蟄沒說，讓羅雨計較一百次也無所謂。

外面老丙的叫聲，他大聲喊：破案，破案啦！

齊富從對面咖啡店搖搖擺擺地過來，拍拍老丙肩膀：

「偉大的丙法醫，沒聽說法醫破案，要破案是盡忠職守的刑警。就算法醫破案，幫幫忙，大將要有風度，泰山崩於前而面不改色，看你吆喝得，令人以為你破傷風。」

「我咧不改顏色，改尺寸！」

三人聚在玻璃前看X光片。

「很好，你說醫院證實上面的號碼和名字確定是周賜福的？怎麼樣，周賜福有癌細胞，在哪裡？」

老丙指黑白兩色照片的下方：

「這裡。」

「這裡是哪裡，膀胱？」

「不，」丙法醫吐口大氣，「老齊，是卵巢。」

「周賜福——方平有卵巢？」

「卵巢內有腫瘤。」

3

醫生兩眼盯著螢幕，兩手脫掉外科手套，換上另一隻從塑膠盒內拿出的新手套，他說把褲子拉下。

男孩聽說過體檢過程，他順從地將四角短褲拉至膝蓋，醫生轉過身，原來無神的兩眼忽然睜大，戴手套的手伸到他兩腿之間輕輕撫摸他的陰莖。

你從小就這樣？

感。

男孩不知該怎麼回答，一種令他顫抖的感覺從胯下延伸到全身，想起小時候媽媽男朋友摸的觸電感。

醫生說，你從沒發現這不是陰莖，是陰蒂？你爸你媽也沒發現？

男孩抖得益發厲害。媽沒說過，至於爸，世界上沒有爸。

醫生終於看他的臉，你可能不是男生，是女生。

4

方平不是雙性人，不是陰陽人，是假性畸形的女性，明明有卵巢，但位置比一般女性更下方，向外突起的形狀讓人誤會為男性的陰囊，而肥大的陰蒂又會被誤會是陰莖，出生時不易辨別，大部分被當成男生養，除非接受詳細的檢查，很難確診並接受手術矯正。

警大的體檢醫師最初以為周賜福陰莖發育不完全，且有隱睪症，就是睪丸未降至陰囊內。這種現象很平常，醫師為求慎重，要周賜福拍X光片，發現體內有卵巢，照理會對病人明說，周賜福得知後，乃未對校方說明就不去上學，被註銷入學資格。

沒有父親，母親藍月眉既忙於工作，又因一開始即把方平當成兒子，不會知道兒子不正常的生理。到了十八歲方平都要進警大了才知道體內有卵巢，是女人，對任何人都是難以承受的打擊。

更糟的是卵巢內長了腫瘤，影響方平的女性的性徵，她可能很晚才有月經，數量也少，再次輕易地被忽視。

警大體檢最後項目為性器官，羅蟄記得場面相當尷尬，醫生要他脫下褲子，戴外科手套的手掀掀陰莖，有點檢查能不能用的感覺；再捧住陰囊，又像掂掂重量，一副燉湯、熱炒的考量。

醫生見到周賜福不同於常人的性器官。

周賜福是汽車旅館命案重要嫌犯，他和醫師之間究竟發生什麼事，當然已無法求證，依現場情況，推測醫師對周賜福體內女性那部分好奇得超出界限。一直自認為男生的周賜福可能拒絕承認自己是女生，怒氣出在好色的醫師身上。

周亮武跟何如春到明聖宮，他看出周賜福女性的那面，也許也是好奇，再次進明聖宮偷到周賜福的X光片，應該找懂醫學的人看過，體檢報告上簽了醫師名字，他聯想到汽車旅館命案。

周太太每天忙賺錢，不在意新聞，周家卻堆了許多報紙，說明周亮武愛看報，汽車旅館命案這麼大的新聞逃不過他的注意。

以此要脅周賜福，說不定和那位好奇殺死貓的醫師一樣，周亮武要求周賜福陪他上床，或者強暴周賜福。

從男人，一下子變成女人，而且其他男人居然想跟她上床，周賜福內心受到的傷害可想而知。當他找到何如春，決定復仇計畫後，第一個要殺的就是周亮武，否則周亮武一看新聞便知道凶手是他。

再說，他要報仇。從方平到周賜福，累積的仇恨一天比一天重，他必須釋放。

「小蟲，摸清凶手的殺人動機和手法了嗎？」齊富沉重地問羅蟄。

「大概。」

「說。」

「殺人的動機，從警察開始。」

「別胡扯。」

「現在假設我是方平，當年一時失控殺了老媽的情人，當過警察的宋守成，逃到石門被明聖宮廟祝收留，由於身體結構和正常男生不同，有時被取笑，像尿尿，其他同學會笑我的雞雞小；像體育課，有些項目我做不好。班上塊頭最大的大寶笑我娘娘腔，笑我是同性戀。」

「大寶，嗯，我中學三年差點變成大寶，接著說。」

「為了證明自己是男子漢，我考警大，沒想到體檢被刷掉，醫生說我是女人。開始很排斥，見到X光片再檢查自己的零組件，不接受不行。我試著當個女人，化妝，打扮，沒想到警大的醫生看了很爽，約我去汽車旅館再檢查。」

「不是警大的醫生，警大沒有醫學院，那是特約的而已。」

「他代表警大檢查我。」

「好吧，你去就去，非穿緊身短裙和高跟鞋？」

「醫生叫我打扮得更女性點，再說我以前沒當過女人，當然會打扮得過度女人，不然穿T恤、牛仔褲，和以前當男生有什麼不同？」

「好。」

「醫師喝醉了，一進旅館就壓我在床上，我離家之後身上一直藏了刀子，免得受大寶他們的欺侮。他捉我內褲那一刻，我抽出刀就砍。」

「臨時起意還是計畫殺人？」

「計畫殺人。如果不殺死醫生，警大會知道我為什麼沒報到，醫院會知道我生理異常，所有人會逼我變成女人，可是我還沒準備好。」

「殺何如春呢？」

「變成女人是宋守成害的，以前聽他提過他有兒子，我上網到處找，有天被我找到，既然已經扮過女人，乾脆再扮一次，和何如春交成朋友。他宅，朋友不多，體重過重，不容易交女朋友，本來約他在明聖宮見面，想看看宋守成兒子長什麼樣而已，沒想到場面變得太複雜。」

「所以方平沒有女性同夥，根本就是他。」

「我覺得應該這樣，殺這麼多人，手法一致，兩名凶手即使一起練習用菜刀，也不可能殺得讓丙法醫認不出差別。」

「回到你是方平。之後你主動找過他？他見過你男裝的打扮，你扮女裝他認不出來？」

「不，我直接對他說那天在明聖宮故意扮成男生是想試他，其實我是女生。經過這些日子，我漸漸學會怎麼像個女人，所以我打扮成女生和何如春見面，他沒懷疑。丙法醫，我有卵巢，胸部會大吧？」

「可能，光看X光片沒辦法判斷你卵巢的腫瘤影響你生理到什麼程度。」

「為什麼非殺何如春不可？」齊富不喜歡模擬凶手的過程被其他事情打斷。

「我要公道。」

「你還要凱達格蘭大道咧。對不起，老習慣，請繼續。」

「我只有媽媽，宋守成毀了我媽媽，而且他也想對我怎樣——」

「你怎麼知道？」

「我小學時候長得可愛，有些男人戀童。」

「嗯，接著說。」

「何如春的性知識來自日本AV，見兩次面他就想拉我上床，以為每個女人都像網路上那樣自動脫內衣褲。我受夠他爸爸，難道要再受他？殺了他不會有人遺憾，不會有人懷念。殺他之前得先殺周亮武，他清楚我的真正身分，他不停地向我要錢，帶警大念書的笨蛋兒子來嚇我，我痛恨那身自以為是的制服，他還強暴我，所以我故意一大早叩他約見面，見到人，我舉起刀往他背心刺去。我練了很久，高中時書包裡藏的刀就是明聖宮廚房裡的一把菜刀，尖刃，很少人用，不見了不會有人大驚小怪。」

「殺了周亮武，心情怎麼樣？」

「還可以，我殺過宋守成，還記得殺的過程。接著得殺吳建弘，何如春說不定把和我交往的事情告訴他，先殺何如春，吳建弘會向警方檢舉我，先殺吳建弘，何如春搞不清狀況。」

「為什麼殺張傑瑞和李蘋蘋？」

「張傑瑞愛當老大，還有，我變成女人醒悟原來男人多麼令人討厭，體檢的醫生、周亮武、何如春，要是沒有男人，世界就和平了。」

「和我老婆一個理論。」

「老丙，你破案了，功勞少不了你，現在少插嘴。」

「張傑瑞存心騙李蘋蘋，他怎麼可能離婚娶李蘋蘋。我討厭張傑瑞，而且我想嚇何如春，嚇得他生不如死。殺張傑瑞不能不殺李蘋蘋。算她命不好。」

「什麼口氣，天華，灌他辣椒水！」

「殺了何如春，不能不殺其他人。而且，我享受把刀子刺進心臟那一剎那。起初得用刀刺穿肌肉，更用力地突破肋骨，慢慢我能感覺菜刀尖端戳進蹦蹦跳心臟的快感。」

「媽的，老丙，小蟲比方平更壞。為什麼殺富欣穎？說。」

「我在街上遇到富欣穎，那天我男裝。她經過失戀與墮胎雙重打擊，在咖啡館裡什麼都告訴我，哭得幾乎抽筋。男人，就是賤。」

「喂，小蟲，不要藉故罵人。」

「本來不想殺她，誰叫她害怕到打電話給警察。傻女孩，又怕我，又到處找我。」

「少裝狠，方平，你為什麼七天、六天、五天地殺人？向警方挑戰？」

「一開始湊巧，後來覺得這樣的節奏也不錯，我喜歡看到電視裡的警察手忙腳亂、胡說八道的樣子，喜歡報紙上聳動的標題。」

「愛看我鬧笑話？哼哼，我胡說八道？富欣穎呢？」

「報告老大，這點我還沒想透。」

「媽的，沒想透？周賜福，你這個王八蛋，富欣穎躺在解剖中心丙法醫的辦公室裡，我睡在門外，你怎麼潛進去的？」

齊富以為他是包公，手掌當驚堂木，重重拍在婷婷小店的桌面。

其他三人傻住地閉緊嘴巴，最先想通的是老丙，他蚊子聲音地說：

「不會吧。」

接著是石天華：

「只有她。」

羅蟄跟著：

「方平已經是女人了。」

齊富激動地站起身：

「人呢？」

「還在解剖中心。」

5

不可能，不過他試著打扮成女人，鏡子裡的她變成另一個人，比原來的他亮眼，還不錯。

他選擇緊身的短裙，細跟高跟鞋，他需要一頂假髮。

醫生說世界上大約萬分之五到千分之一點五的人擁有雙重性徵，有的男女性器官齊全，有的只部分，大多於童年時經過矯正，不過現在尊重人權，主張由當事人成年後自行決定做男人或女人。

他同意到醫師的診所做進一步檢查，再次褪去褲子任由醫師撫摸，當陌生的手指由他的腿根伸進體內，從未有過的羞恥與亢奮一起出現。醫生再握住據說是過長的陰蒂，他頓時明白，他連選擇權都沒有，從頭到尾他只是個不完整的女人。

不能讓人知道他是女生……

他喜歡女生，可是——

他約醫生在診所以外的地方見面，試一次，給他一次喜歡男生的測試。戴起矽膠內襯的胸罩，拉上緊身裙的拉鍊，他看鏡子內嶄新的自己。說不定他更適合當女生，但他真的能喜歡男人嗎？

6

抵達前分好工，羅蟄找小梅，石天華找陳采姿。一下車羅蟄即衝進會議室，沒見到小梅。齊富跟上，兩人一前一後快步跑進解剖室，宅男助理在水槽前清理老丙的工具。

「小梅呢？」

「不知道。」

羅蟄抓住進來問進展的小蘇：

「飛鳥呢？」

「不知道。」

羅蟄大喊：

「關大門，不准進出！」

來不及了，兩分鐘前一輛警車駛下才勉強清理出單線通車的山路。

齊富緊急調大門監視器畫面，戴口罩的小梅扶飛鳥上車。

「怎麼回事？」石天華領仍健在的陳采姿過來問。

羅蟄沒空回答，他焦急地滑動滑鼠快速審視監視器拍下的影像，再調出解剖中心所有員工的照片，停在小梅的照片大聲問陳采姿：

「她是不是周賜福？」

陳采姿掩住嘴地尖叫。

齊富吼：

「他媽的，差一步！」

六天、五天、四天、三天之後的兩天後，未再出現第七名受害者，不過刑警飛鳥被凶手綁架了。

7

醫生顯得興奮，捧著由百貨公司專櫃小姐幫他上滿妝的臉孔，酒味的嘴巴貼上他新塗香奈兒口紅的嘴唇，舌頭伸進來。除了酒，其他的感覺還可以。

粗魯的手掐進他屁股，不很喜歡男人勃起的陰莖頂住他下部。

要醫生脫掉衣服。他看見蒼白的胸膛、微突的小腹，脫去褲子露出亂草般下體的那一刻，他決定了，他不喜歡男人。

不能讓任何人知道他是女人。要醫生躺上床，他為醫生戴上套子，同時抽出袋內的刀子，想到以三字經罵床上哀嚎媽媽的宋守成，想到宋守成包住他胯下的手。他舉起刀往醫師的胸口刺下。

若他是男人，會好好地愛女人，愛他的媽媽。

這次容易多了，畢竟他練了很多年，一直以來他想成為健壯的男生，伏地挺身、舉啞鈴，要練得和棒球場上其他男生一樣。

洗去身上血漬，他撫摸自己，不行，他沒辦法愛男人，他愛女人，但他該怎麼愛女人？

醫生說他母親太粗心，太忽略孩子。不是母親粗心，是宋守成，都是宋守成，不然媽媽一定知道他哪裡出了錯。

為什麼會出錯！

8

警車裝了定位系統，跑不掉，它靜靜地停在信義路新光三越百貨公司的地下停車場，不喘息，不流汗，可是引擎蓋燙的。

汽車不會說謊。

擔心安全，陳采姿由解剖中心轉送刑事局，專案小組則擠進新光的安全室內看停車場的錄影帶，人多得冷氣降不下熱度，石天華錄下過程，指派大隊人馬分路追捕。一路查排班計程車，一路追進捷運市政府，一路沿信義路往四獸山方向急駛而去。

石天華領導追捕方平的行動，另一方面齊富與專案小組開會分析方平可能的動向。這回雖未死人，女警官被綁架當成人質對警方打擊更重，齊富得應付長官、應付媒體，羅蟄留在解剖中心和丙法醫翻小梅留下的個人用品。

小梅本名丁梅，台大醫學系畢業，戶籍地址在台北市內湖，現住戶為丁梅的姐姐與姐夫，丁梅父母則早已移民美國，有時冬天回來避寒。

台大的回覆精簡，丁梅於畢業後未選擇進入醫院實習，於去年到美國念書。

出入境管理局提供的資料清清楚楚，丁梅出國後沒有再入境資料。

老丙找出丁梅的實習申請書，上面的照片經丁梅的姐姐、老師證實不是他們熟識的丁梅，他們不認識解剖中心天天替老丙準備漢堡、牛肉麵的丁梅。

唯一一張小梅的照片便是申請書上的，小蘇與鑑識組同事用電腦比對許久，初步結果，和十二歲的方平百分之六十五的相似度。

百分之十的話，馬上能否定；百分之九十，亦可馬上肯定，唯百分之六十五，多尷尬的數字，不能否定也不能肯定，什麼也無法證明，甚至無法送檢察官請示以照片發布通緝令。用刑事局副局長齊富精準的說法：

「相似度百分之六十五，媽的小蘇，等於百分之零。」

「是方平。」

老丙比齊富樂觀，學醫的人，更注重細節。他指兩張照片的耳朵：

「人的五官會改變，要是進醫美中心整個型，呵呵，連他爸媽也認不得。只有耳朵，真丁梅的耳朵和假丁梅的不一樣，你看，真的耳垂往上削，假的有厚厚的耳垂，十二歲的方平是厚厚耳垂。老齊，我保證我的小梅就是長大的方平，不信，你們用電腦比對。」

老丙的證詞能激勵人心，卻不適用於法庭。專案小組調出所有進出台北市相驗與解剖中心的錄影畫面，假丁梅幾乎無論什麼時候都戴口罩。羅蟄後悔沒在抽菸時要求和她合照。

小蘇針對「老丙的小梅」做出匯整資料：

1、她騎機車上下班，綜合近六個月來的錄影，前後換了五輛。

說明：若非她有或她家有五輛機車，必然是偷的，立即向監理所追查車牌，果真是失竊的機車，表示她偷車本領高強。

2、每次進解剖中心必帶裝食物的紙袋或塑膠袋。

說明：袋上多印了餐廳名字與電話，依此判斷她的活動區域集中於淡水區。

3、根據丙法醫的證詞，小梅工作勤奮，上班時間平均超過十小時，吃得不多，有時吃不完的小心收回食盒帶走。

說明：她可能單身，且不與家人住在一起，很少在家開伙，沒有男朋友，也不像其他女生那樣常和朋友聚餐。

4、她穿牛仔褲、短褲，沒穿過裙子。全身唯一不變的是Converse黑色球鞋。

說明：傾向中性打扮，不太在意外表。另根據羅蟄警官的證詞，他主觀認為小梅係孤鳥型女子，不喜歡與同事建立工作互動、感情交流的關係。

5、她留在解剖中心的私人物品很少，僅於置物櫃內找到USB充電的圓形小電筒一隻、雨衣、尚未拆封的兩包口罩、Lucky Strike薄荷菸一包、打火機。

說明：行事謹慎，且不打算久待於解剖中心，隨時可能離開。

6、採集到她的指紋，刑事局大數據無法比對她是否為方平或周賜福，因缺少後兩者的指紋。

說明：當初偵辦宋守成命案，承辦的刑事局與新北市警局未保留涉案相關人等的指紋，尤其方平的。

7、除丙法醫，幾乎不和同棟樓任何人交往，包括同為丙法醫助理的另一男性實習生。

說明：參照三、四、五項，她一開始申請為丙法醫實習助理即另有他圖。

8、解剖室內雜務皆由她處理，包括屍體的保存、解剖器具的清理、收存。

說明：本案六名死者的屍體送到解剖中心後，由她處理前置的清洗、存放，事後的縫合、存放工作，相比於其他人，她是僅次於丙法醫最容易取得死者指紋的嫌犯。根據丙法醫證詞，小梅做事細心，絲毫不在意殘破的屍體、福馬林的嗆鼻氣味，工作迄今從未聽她抱怨過。同時丙法醫證實，屍體剛送進解剖中心尚未凍結，容易取得指紋。

綜合分析：她賃屋居住，應在淡水區一帶，個性沉著冷靜，進解剖中心實習之目的或為取得死者指紋。

「你說說，她進解剖中心的目的？」

「大概對人體好奇？」小蟲不確定地回答。

小梅登記的居住地址當然也是假的，確有這麼棟公寓，僅四層樓，沒有小梅填寫個人資料的六樓。每月匯薪水進去的銀行帳戶總算真的，用的是真丁梅的身分證。

至少丁梅認識方平。

國際電話裡丁梅說她不認識方平，她認識的是周賜福，交往大約兩個月。說著，丁梅哭了，聽得到她母親安慰的聲音，聽得到她父親叫她掛斷電話的罵聲。

羅蟄趕回刑事局，和齊富寫了三張大白板，他們手上有三個方平。羅蟄綜合各地傳來的情報嘗試塑造凶嫌方平。

第一個方平只有他到十二歲前的資料，在校的功課平平，根據五、六年級導師陳娟娟的說法，他是從左撇子被逼改成右撇子的孩子，原本習慣寫反字，經過歷任老師的矯正，仍可能下意識寫出反字，例如留在解剖中心的筆跡經專家檢視，丙法醫的「丙」中間的「人」全被寫成「入」。

身材瘦小經常被同學排擠，喜歡打棒球卻不受隊友重視，母親藍月眉忙於工作忽視對孩子心理的照顧。藍月眉留下被方平割爛的棒球手套，可以說明方平對童年時期受到不公平待遇而發洩的憤怒。

二〇〇九年六月二十九日，方平小學畢業的那天，返家見到母親藍月眉和男友宋守成做愛，一時情緒激動持菜刀殺死宋守成，從此離家，下落不明。

推測：

方平涉嫌殺害宋守成仍待實質的證據，不過從證人朱阿姨（藍月眉鄰居）口中得知，藍月眉見到被割爛的宋守成工作腰帶當場由驚嚇轉變為嚎啕大哭，認定兒子方平是凶手，在朱阿姨協助下取走殺死宋守成的凶刀，將另一把刀按原來傷口塞進宋守成胸口。

一個傷口，兩件凶器，和後來方平殺人的模式相同，說明離家之後方平曾見過藍月眉，得知他母親混淆警方辦案的方法，模仿殺害六人。藍月眉長年精神失常，無法向她求證母子相遇的時間與過程，屏東警局仍在努力與藍月眉的醫師溝通之中。

第二個方平，也就是周賜福。離家後的方平從金山流浪到石門，北海岸只一條淡金公路，他又才十二歲，可以設想他離家只能搭乘公車，不知什麼緣故在石門下車，因明聖宮的廟頂砌了高大的水泥濟公像為當地明顯的地標，方平受到吸引，到了廟前飢寒交迫倒地，為廟祝收留，他謊稱姓名為周賜福，以父母雙亡逃出暴力寄養家庭之類的說詞贏得廟祝同情，多日後廟祝以養子身分申請撫養，透過里長、市議員的協助，藉口長期自養山中未報戶口，重新申請身分為周賜福並且以此名字入學。

遺憾的是廟祝對周賜福了解不多，石門國中與淡水商工就學期間的成績平平，老師、同學對他了解亦有限，大部分說詞相同，周賜福一放學即回家，從不待在學校參與社團或校方免費安排的技藝訓練課程，唯一例外的是高中生物老師對周賜福評價甚高，遺憾其他課目的成績不佳，否則應該可以申請進入輔仁、東吳以上的大學。

真理大學女同學韓寶妹見到電視上周賜福照片的通緝令，立即與專案小組聯絡，透露方平高中時騎自行車通勤，從淡水山區的商工路騎至淡金公路，往北經三芝到石門。她說：「每天這樣練體力，嚇死人。」有次她停下機車問周賜福要不要坐她的車子，周賜福拒絕。估計石門到淡水騎車約一個半小時，來回三小時，且有許多坡度極大的上下坡。

高中畢業後，周賜福再次離家，行蹤成謎，逢三節、過年他回明聖宮看養父，由此推測，方平對廟祝抱感恩之心。

廟祝說周賜福一回到明聖宮，從裡到外全部掃一遍，擦神像、抹神案，他很在意神明前的香爐，隨時保持燃燒中的香炷，他認為不能讓神明迷路，不能讓神明受到冷落。廟祝表示他從未見過如此感恩、勤快的孩子，廟方的董事、信徒均對賜福讚不絕口。

第三個方平，也就是丙法醫助理之一的小梅，或丁梅口中的周賜福。方平與丁梅交往，伺機取得丁梅相關資料，如身分證，當丁梅離台，他冒充丁梅身分申請為台北市相驗與解剖中心丙法醫的助理。

丁梅與方平之間可能存在感情的糾葛，丁梅不肯說，警方無法探究其中詳情，齊富指派兩名女警不停地與丁梅溝通，可是丁梅尚未回話。

丙法醫坦承並未對此一丁梅擔任助理做過任何身家調查，因助理非公務員，亦無需通過考試院規定的考試、身家核對。丙法醫肯定小梅在醫學上的知識，解剖屍體時表現得像接受過醫學院的教育。丙法醫無法解釋為何未認出假丁梅可能為男性，一再使用「難道我老眼真的昏花」的字句形容他的不解。

接觸過小梅的刑事局副局長齊富同意丙法醫的說法，他到解剖中心那麼多次，從沒看過取下口罩的小梅長相，他說小梅的聲音不會令他懷疑是男性。

真正近距離接觸過小梅的是刑警羅蟄。

羅蟄清了清喉嚨對齊富與其他同事說：

「小梅很女性，她身上沒有香水或其他掩飾性的人工氣味，一聞就是女人。」

「幾次見到小梅脫下口罩都在大樓後面的吸菸區，沒見到鬍鬚和喉結，當時不當一回事，而且她抽女人喜愛的薄荷味香菸，認識起理所當然的當她女生。」

羅蟄回想與小梅接吻的感覺，舌尖濕濕、細細的，除了薄荷菸味，另有種女人才有的清香味。

「她跟我談對飛鳥的感覺，是單純的女人談女人，帶一點同性的敵視，她幾乎不和飛鳥接觸，我以為她不喜歡個性陽剛的飛鳥，事後回想，她大概怕飛鳥認出她作為女人的不對勁。」

「什麼認出她作為女人的不對勁，講得舌頭不打結？小蟲，我們都男人，說說，你和她到底發生過什麼的？」老丙非常八卦，「她是不是喜歡你，拿飛鳥當情敵？」

羅蟄未回答，轉而詢問丙法醫另一男性助理趙振益對小梅的看法：

「我和她不熟，幾乎不說話，沒看過她脫下口罩的樣子。」

老丙補充：

「想到一件事，說出來給你們參考。小梅第一次陪我解剖死者大體，她不但不害怕，還說怎麼和切冷凍豬肉的感覺一樣。」

沒人回應。老丙再說：

「我猜她用豬肉練過刀功。」

更沒人回應。

羅蟄繼續他的調查結果。

「鑑識同事一再比對，專案小組移到台北市相驗暨解剖中心那天，大家記得送披薩來的外送員吧，百分之五十的機率是小梅，尤其背影。她和專案小組每天在一起，假如要對我們下毒並不困難，為什麼冒險扮成外送員的送加辣椒披薩給飛鳥？她故布疑陣要我們以為凶手來自外部，忽略內部的同事，還是她膽子大到測試我們認不認得出那是她？說不定她沒想到專案小組設在解剖中心，一興奮，乾脆向警方挑戰？」

麟山鼻之夜涉及九個人，富欣穎、朱心怡已證實與周賜福發生過感情，何如春的發票顯示他曾請朋友吃飯，同學和夜市攤販也說他有女朋友。張傑瑞好色，李蘋蘋因張傑瑞不願離婚而鬱悶已久，其中之一會不會和周賜福發生感情，三人約在A7捷運站附新建公寓見面與此有關？吳建弘活潑，當夜在明聖宮與周賜福喝酒，事後有聯絡？

「周賜福是乩童嗎？」齊富問。

「不是，如果他是乩童，不會殺人。乩童和神明間有類似契約的關係，不能違背神明的意思，沒有神明容許乩童殺人。」

不殺人的乩童刑警對違反神意殺人成癮乩童的推理令大家接不下話，齊富壓下嗓門：

「這個會議不准對外洩露，誰講一個字，我上窮碧落下黃泉追殺到底，比周賜福更狠，傳到媒體耳裡，乩童刑警之外還有乩童凶手，不得了。待會兒會議紀錄送刑事局，小蘇，裡面不准出現乩童、神明字眼，一個字都不准有。小蟲講得再天花亂墜，不能當證據。回到重點。」

「不管哪一個方平，抓人，救飛鳥。天華去石門明聖宮，找當地派出所協助，穩住廟祝，調附近道路監視器畫面，守各路口臨檢。」

螢幕出現警車上的石天華，他穿防彈背心、戴防彈頭盔、握步槍的上半身：

「已經在路上。副局長，你得提醒追捕凶嫌的同事當心安全，他現在不是菜刀殺手，飛鳥在他手裡，他有警槍了。」

「叫勤務中心通知，所有員警提高警覺。小蟲先查飛鳥住處，她一個人住警察宿舍，八德路一號糧倉對面。」

羅蟄知道那個地方，縮在高樓之間的水泥建造單調又老舊窄小宿舍，最近交由民間經營，但仍掛「警察宿舍」招牌。

「老大，警察宿舍的住戶多，凶嫌想藏身不容易，我覺得屏東藍月眉那兒還是得去。」

「想過了，所有證人缺了他媽媽藍月眉的筆錄，媽的個癮的不完整，已經請空中警察接她到台北，看看我能問出什麼。小蘇守專案小組，吃睡不准離開會議室一步——你再喝咖啡試試，自己拿寶特瓶尿尿，去廁所列為擅離職守——不高興？缺什麼找老丙。」

「找我？」老丙的微笑類似《粉紅豹》裡的史提夫·馬丁。

「小梅是你的人，要你多出點力不願意？當心我把你當凶嫌同夥先扣起來。小蘇要吃要喝要拉要撒，你負全責。」

老丙沒回嘴，表情不再史提夫·馬丁，很《殺手沒有假期》裡的柯林·法洛味道，笑得憂愁。

「我們只有幾個小時，萬一他把飛鳥殺了滿足六天、五天、四天的狗屁殺人宣言，我自殺也對不起她。」

羅蟄捨棄警車，騎機車鑽車陣直奔八德路，對不起飛鳥的是他，為什麼粗心！何如春被殺於指南宮時，小梅不在解剖中心；富欣潁死於老丙辦公室，唯小梅和飛鳥進去最不引人注意。

千錯萬錯，錯在羅蟄；一如送菜來的羅雨，兄弟間多年的誤會，千錯萬錯也在身為哥哥的羅蟄。

9

警察宿舍交由民間經營後重新裝潢內部，飛鳥的住處在二樓，空間不大，約七、八坪，客廳內一張雙人沙發，書籍、資料與筆電堆在地板。羅蟄進入熟識但未發展出關係的單身女性房間頗不自在，何況主人不在家。走五步路已經全部看完，包括沒收拾的床鋪、三夾板拼成的衣櫃。

她睡覺前得先挪開衣服，坐沙發得先搬開書籍，吃飯得先從洗碗槽內找出相對乾淨的筷子，去健身中心得先翻出拳擊手套。

飛鳥只有兩類衣服：制服、運動服。羅蟄沒見到台北女生赴約時的裙子、高跟鞋，連像女人用的包包也沒。她有包包，印警校名稱的背包、台北市警局發的背包、裝跆拳道裝備的運動包、ASUS筆電包，留在專案小組未被方平一併綁架走的登山包。

屋內沒有冰箱、食物，找不出泡麵、孔雀餅乾、洋芋片的ＤＮＡ、指紋。散在地板的影印資料是十年前宋守成命案剪報和調查報告。

唯一整潔的是垃圾筒，只有紙張，羅蟄撿出幾張發票，咖啡，咖啡，咖啡，難道她不吃飯只喝咖啡？

唯一有人味的，沙發後面的照片，躺在病床吊點滴的胖胖中年男人與床旁胖胖的中年女人，他們頭碰頭咧開嘴的笑。白色床單、白色牆壁對比出飛鳥爸媽臉上陽光雕刻出的線條。

飛鳥簡單卻充滿動力的人生濃縮在小房間內，她果然只有工作。

羅蟄跳上機車向小蘇回話，飛鳥住處沒人，小梅不可能挾持她回這裡，空間窄住戶多，藏不了。

想，他和小梅談過話，他得設想十二歲離家的少年、隱藏自己十年歲月的是哪一種祕密基地？

小蘇的聲音透過藍芽耳機傳來，八六三？

十二歲的方平搭上公車，金山到淡水的淡水客運八六三可能性的確高，離家後走出巷子隔兩個路口在金山郵局站上車，經磺溪橋、中角灣進入石門，於白沙灣站下車，無目的地走進山區，明聖宮的廟公說找到方平時，他渾身是泥。沒錯，公車站到明聖宮的山路彎曲，對十二歲的瘦弱男孩很吃力。

廟公送他進石門國中念書，公車石門站離白沙灣七站。麟山鼻入口處是北海岸及觀音山國家風景區管理處工作站，離白沙灣一站。對初到石門生活的少年，平日活動應該在這一帶。三年後他進淡水商工，也在這條路線上。

北海岸因入秋後冷冽的東北季風帶來風雨和低溫，沿海岸的餐廳、咖啡廳大多只能做半年生意，民國七〇、八〇年代房地產崩盤，當地留下許多空屋，一度成為通緝槍擊要犯的理想藏身處，發生過雙方消耗數百發子彈的警匪槍戰。

殺了人，離家出走，沒有朋友的少年在陌生的環境會為自己找什麼樣逃避恐懼的安全路線？

「小蘇，問當地房仲，大約二十歲出頭，外表秀氣的男生，說不定自稱醫學院學生曾經向他們租房子嗎？離明聖宮不會太遠。」

「呃，那裡看來荒涼。」

「方平十三到十七歲，大部分時間待在那裡，從石門公車站走上明聖宮得二十分鐘至半個小時。」

「你猜他邊走邊玩？」

「青少年，好奇。」

「認定他會回去？」

「他最熟悉的地方。」

石天華抵達明聖宮，周賜福不曾回去，倒是在廟後的小房間找到他偶爾住的地方，鋪蓋而已，連牙刷也沒。

「小蟲，同意你，他不會回明聖宮。我問過，石門房地產生意冷清，沒房仲，最近的房仲不是三芝，就是金山。石門屬於新北市，老天，你能想像炒房變成全民運動，新北市居然有沒房仲的行政區？夏天，冷清得只見到白沙灣海面兩塊拖曳傘。我在老梅派出所泡麵等你，快餓扁。」

羅蟄經過房價每坪八十萬的中山區、每坪七十萬的士林區、六十萬的北投區、五十萬的關渡區、四十萬的淡水區、三十萬的淡水新市鎮、二十萬的沙崙、十萬的三芝區，見到白沙灣時每坪七萬？

老梅一條街，四十年以上的連棟透天，路上不見行人，稍稍加油門，差點錯過老梅派出所。

石天華遞來泡得快爛的麵，指牆上的地圖：

「這裡最出名的是海砂屋海灣新城，幾乎沒人居住，派出所查過，沒有單身年輕人住戶。石門區很小，要是外地人住進來，居民不會不知道，沒有。」

石天華選的泡麵特別，韓國的，料理包大概根本是辣椒粉包，吃得羅蟄額頭汗水滴不停。

「租屋的外地人大多選擇三芝，四十年前炒房熱留下的社區，空屋率百分之五、六十。」

「離石門最近的，靠這條路。」羅蟄指地圖上的淡金公路。

派出所所長提供意見：

「櫻花山莊囉，很多藝術家住那裡，空間大，價錢低。」

「大社區？」

「算，沒有圍牆和門禁管理，不收管理費，自然沒有管理，裡面也沒有大樓，大多透天，這幾年空屋較少，比起台北當然還是多。」

「買的多，租的多？」

「都有，很難分，透天就是這樣，各顧各，沒管委會、不開住戶大會，哪分得出住在那裡的是屋主還是租客。」

「走一趟去。」

櫻花山莊一條山路進出，最初的圍牆破落得只剩兩根水泥門柱，裡面的道路不寬，東一條巷子，西一條小弄，若非當地人只怕會將車子撞進死巷。

一輛警車停西側出入口前沒有籃框的籃球場，守住主要出入口；一輛停在東側小門，守住僅容小貨車行駛的一線道產業道路通山下農家。

里長不住這裡，對住戶不熟。熱心的住戶黃先生是製陶藝術家，認識的鄰居雖不少，但想不出單身、年輕男性的住戶。年輕單身女性更不可能，交通太不方便。

裡外兜兩趟，可疑的房子太多。

齊富到了，直昇機停附近空地，警車送上山。

「情況怎樣？」

「查所有的汽車車主。」石天華報告，「這種地方公車一天三班，自己沒車上不來，小梅迷昏飛鳥，不可能騎機車，一定開車。」

「這裡多少輛車？」

「五十九輛。」

「沒查出來？」

「查出五十九個車主名字，沒有方平、丁梅、周賜福，已回報專案小組，小蘇他們向車主一個個打電話。」

「苦工，所有案子到最後苦工最有用。催他快點。」

「是。」

「鬧成刑事局出動乩童，結局是凶手綁架警官，媽的，想個直接有效的辦法，小蟲，你和他各一把六發子彈左輪手槍的決鬥，乾脆。」

羅蟄沒回應，齊老大又煩躁地胡言亂語。

「嗯哼。」齊富以鼻音暗示他的耐心有限。「萬一飛鳥有什麼，別說辭職，光內疚就夠嗆的。媽的，臨退休碰到這種事。」

「我們太守株待兔，副局長、小蟲，我還是去明聖宮一趟。」石天華也逐漸失去耐心。

「我覺得方平離這裡不遠。」

「小蟲感應到了啊？另一個辦法，畢業前我待過交通隊實習，隊長教我一個祕訣，不要漫山遍野追超速的車子，守在路口，他怎麼跑都得下交流道來加油。」

「哼哼，天華，原來交通隊也有金句！叫交通隊守住淡金公路的淺水灣、北新莊和草里漁港三個路口，誰也逃不掉。」

「老大，給小蘇幾分鐘。小梅，方平，最傷腦筋的是他十二歲以後消失的那段日子，石門國中、淡水商工找不到他的照片，一張也沒，連畢業照也不拍。」

「那時他已經想殺人了。我跟藍月眉談過，她不是瘋，是精神衰弱。媽的，親生兒子殺死她男朋友，她替兒子破壞現場，真虧她想得出換刀的把戲。」

藍月眉轉過幾次醫院接受治療，到屏東後好轉許多，和藥物控制有關。屏東警局做事不馬虎，將醫生、病人一起打包上直昇機。齊富形容：

「屏東警局那幫子傢伙詭詐，不想搶連續殺人案的功勞，不想被連續殺人案扣分。當警察，平平安安等退休最實在。」

主治醫生明講精神疾病的藥物不外乎鎮靜劑，配合平靜的居住環境，避免病人心情起伏太大。既然吃藥，躲不開藥物使人遲緩的副作用，近一年多藍月眉的情況穩定，說話、思考還是緩慢。

藍月眉態度溫和，一一回答齊富的問題。

宋守成命案後，兒子方平第一次探視她是在花蓮，當時她的精神差，認為警方找不到證據以殺人罪起訴她，被檢察官打回票，不甘心地把她當精神病患關進療養院，方平翻牆進去見她，終於見到兒子，她激動地痛罵警方。

齊富相信從此方平視警察為囚禁他媽媽的仇人。轉去屏東後，院方限制探病對象，方平不敢拿出身分證證明與藍月眉的母子關係，幾次不成功，再次翻牆才見到面。

「他叫他媽減肥，像話嗎？兒子見療養院天天打針吃藥的老媽，嫌她胖，以為他媽住Club Med？」

高中畢業後即四處打工，一個機會進入仁愛醫院的咖啡吧，和醫生、護士接觸的機會多，他聰明好學，悄悄學到不少醫學常識。他檢查藍月眉的藥物，叫她躲醫護人員，私下減少服用鎮定劑的劑量。

方平計畫「劫獄」，想帶母親逃出療養院，被巡邏警車追捕，他騎機車摔進河內，泅水逃走，藍月眉則喝了不少水，撿回命算好運。

每個月他寄包裹和零用錢至屏東，藍月眉說得滿臉淚水，她以為兒子不喜歡宋守成，沒想到是痛恨。若能重新選擇，她選擇兒子。

在院內不看報紙、不看電視新聞，警察找上門才知道兒子竟鬧出六條人命，她嚇壞了，靜下心想，是她的錯，方平能殺宋守成，殺別人也就不值得驚訝。

「我忍到最後才問，」齊富看藍月眉母子十年前的合照說，「我問藍月眉，妳兒子方平到底是男的還是女的？」

石天華、羅蟄張大嘴等答案。

「確是男的，生下來那天她急著檢查的就是孩子帶不帶把，是男的。她由當地老接生婆協助生產。到底兒子由她一天換幾次尿布長大，覺得有點不對，但她忙生計，抽不出時間帶方平去醫院檢查。進入小學方平始終比其他孩子小一號。七年後在花蓮見到兒子，長高了，還是瘦。她講了句我恍然大悟的話：方平嗓子沒有變。」

「終於。」石天華憋了很久終於喘口大氣。

「小蟲，你老和小梅偷偷摸摸，看過她奶子吧。」

「她抽菸習慣蹲著，瞄過一眼，有胸部，不大就是了。」

「不大是多大？」石天華不接受「不大」。

「不用穿胸罩，還是乳房。」

「哦，那樣的不大。」

「媽的，你們兩個！飛鳥說的金句，男人天生賊眼。問過專科醫生，看了X光片，他猜方平因卵巢內長腫瘤，抑制女性荷爾蒙分泌，十多歲可能有過月經，腫瘤變大後就沒再排卵，可以想見即使方平懷疑身體不對勁，怎麼也沒想到自己根本是女的。」

羅蟄努力將女性的小梅與男性的方平拼在一起，失敗。

「因為她媽媽，因為宋守成曾經是警察，轉而恨所有警察，恨到連殺六個人讓警察丟臉？」羅蟄很難相信方平連續殺人的動機。

「我們無法體會方平的恨，」石天華以痛苦的口吻說，「醫生死在汽車旅社，周亮武一再勒索得逞，小梅長得又不差，如果警大的醫師和周亮武強暴他，小蟲，那時她還認為自己是男人，還沒調整為女人的心情，要是你，恨不恨？」

「天華，你正值壯年，告訴我這個更年期的老男人，方平到底什麼魅力迷女的也迷男的？」

「副局長，別問我，好久沒跟我媽、我妹以外的女人講話了。」

齊富轉而看羅蟄。

「不知道欸，老大，說真的，要是沒謀殺案，我常去找丙法醫，三不五時跟小梅蹲後面抽菸，說不定會約她吃飯。」

「和飛鳥比呢？」天華不放棄撮合兩名刑警的機會。

「和小梅相處輕鬆，和飛鳥的壓力太大。」

「小蟲，我問的是性衝動！」

「呃，怎麼說？」

「用國語說！」齊富也想知道答案。

「想和飛鳥上床，想和小梅喝咖啡、看電影。」

「操！」齊富的結論。

新訊息傳來，小蘇打了五十一通電話查出一位車主住三芝，兩輛車，舊的貨卡於當地送修，三天前修好沒空去拿，修車行沒有停車場，把車子停到路邊。淺水灣派出所按停車地點去查，沒找到車子，倒是車牌號碼出現在櫻花山莊。方平偷了小貨車。

「哪裡？」

不必齊富下命令，石天華已經領警員朝左手的小巷悄悄圍去。

巷內是兩層、三層的透天厝，各有院子，其間幾棟房子幾十年來從未蓋完，留下生鏽的鋼筋、破損的水泥牆面。連幾天的大雨之後出大太陽，水氣往上蒸發，潮得牆面冒水珠。

羅蟄與石天華同時盯向一棟兩層的舊樓，外牆最近做過防水，新的磁磚。小院子用齊人高、新漆白色木柵圍住，裡面除過雜草，小石子鋪出彎彎曲曲的小徑，兩株換上綠葉的櫻花樹朝外伸出樹枝，排在房子前的花盆不是大多數人種的盆景，是花，好幾種需花時間費心栽種的茉莉、木槿、曇花。一樓落地窗後拉上淺綠窗簾，二樓陽台大缸內長一株說不出名堂的小樹。

「怎樣？」

羅蟄指院子後、大門旁，夾在花盆中間的生鏽油漆罐，它不囤漆，不養花，是菸灰桶。

「天華哥，桶子旁的菸蒂，你看得出什麼牌子嗎？」

「我沒千里眼。」

「濾嘴上有圈綠環對不對？」

「對。」

「薄荷涼菸，小梅抽的。」

兩個選擇：

圍住房子喊話讓小梅交人、投降。

不囉嗦，頂防彈盾硬衝。齊富選擇後者，凶手連殺六人不手軟，怎麼會明知唯一死刑地舉手投降。

石天華從正門攻堅，羅蟄繞至後面攀牆進去，齊富大喊：

「小梅，妳被包圍了，別做傻事。」

前鋒防彈盾朝上仰角四十五度，兩名員警彎身持攻門錘兩下撞開空心鐵皮門。

一樓客廳口為鞋櫃，五雙運動鞋、長筒雨鞋、夾腳拖鞋、閃亮的高跟鞋、冬天用的厚毛拖鞋，排列得有如閱兵，最刺眼的是隻特大的老舊傘兵靴。屋內長條三人座深咖啡色皮沙發，面對落地窗，窗前由空心磚撐住一塊舊厝拆下的厚重門板，板上擺電視、音響。電視對主人的生活不具實質性的意義，因為是坐太遠看不清的二十四吋液晶電視，而且未插第四台或ＭＯＤ傳輸線，當擺設的用意大於娛樂。一塊波斯還是阿拉伯風格的長方地毯鋪在沙發前，幾本書隨意地躺在上面。

重得能把老鼠打成殘障的英文醫學教科書。

角落健身用的啞鈴、飛輪、跳繩、瑜伽墊、滾筒，屋主練得勤。引大家注意的是木製球棒，握把處磨得泛白。小梅每天揮球棒練扭腰？

客廳沒人。

餐廳在客廳後面，一張各種顏色碎磁磚塊拼成馬賽克般的鐵腳圓桌，擺設了兩份餐盤墊、餐盤、刀叉，沒有食物，像是餐桌裝飾的一部分，不用來吃飯。鑲嵌玻璃的蜻蜓燈罩垂於桌面上方，罩內燈泡亮著，不用來照明，告訴窗外的人室內溫暖的溫度罷了。

餐廳沒人。

廚房全貼白磁磚，從其失去的色澤推測從屋子住人起從未改裝過，不過瓦斯爐與廚櫃換新，透露屋主生活歷史的是爐上兩口鍋，高的湯鍋底已灰黑，矮的平底鍋手把掉色。羅蟄吸吸鼻子，能聞出廚房獨有的氣味，煎蛋和廚房長年相處而融為一體的焦香。小梅愛吃蛋，但這天沒吃，平底鍋冷冰冰，摸不到油。

冰箱內一層層保鮮盒排列整齊，連牛奶、果汁的瓶子上也光亮，擦過。打開冰櫃和蔬果櫃，空的，小梅好幾天沒回家，沒有新鮮的蔬果。翻遍廚房，唯一和警察宿舍的飛鳥住處相同的，沒有零食。她和飛鳥說不定可以發展出互補互助的同居關係。

廚房沒人，有別的。七把同一款式ＷＭＦ主廚用尖刃菜刀掛在料理台後面牆壁，擦得光亮，刀鋒打磨過，即使大象的腿肉想必也能剁成餃子餡。

空一個位置，少一把刀。以前就少，今天才少？

廁所吸引每個員警的好奇，一邊是只有蓮蓬頭的簡單淋浴設備，一邊是馬桶。馬桶上面、旁邊一塊塊層板擺滿擁擠的漫畫，她選擇漫畫取代一般女人不可缺少的七種洗髮精、八種潤絲精、九種沐浴用溫泉粉，與清潔相關的只有一塊用來洗手的肥皂。羅蟄數了數，全套初代《七龍珠》、幾本舊版《魯邦三世》和零星的少女漫畫，主人設法填補童年的失去。

廁所沒人。

石天華持自動步槍在前，羅蟄持制式手槍在後，相互掩護地登上二樓。主臥室內IKEA的雙人床與衣櫃，床上為一綠一花兩個枕頭，櫃內一邊男裝一邊女裝，整理到令人懷疑住這裡的夫妻二人都為處女座的潔癖狂。

找到化妝品，窗台上，面霜、粉餅、口紅、眼影。小梅上班從沒用過，一直以為她是不化妝的女孩。

臥房沒人。

另一間小臥房堆紙箱，也沒人。

找到其他失散的《魯邦三世》，小梅最近仍翻閱吧。樓上浴室使用度高，馬桶裝了沖屁屁坐墊，浴缸旁擺三種沐浴用溫泉粉，但仍無洗髮精、沐浴乳，只有一塊肥皂。她愛泡澡甚過洗頭。

二樓的陽台變化較大，盆內的枯樹外，另一個空油漆罐內盡是菸蒂，純白的馬克杯留在摺疊小桌上，喝過咖啡後沒洗。同樣純白的咖啡盤爬滿螞蟻，猜不出裡面曾經盛放什麼樣動人的甜點。一疊由影印裝訂的紙張組成的書，中文書名：《心理學入門》。

石天華指指書名：

「還好入門，要是進階，我們就慘了。」

前後陽台皆無人。

「他們回來過，又走了。」

聰明的飛鳥留下一隻襪子，後院，羅蟄才翻過牆即看到。飛鳥不穿船形襪，她愛古典藍白紅三色襪，進解剖中心後第二天，羅蟄發現她穿襪子到處走，幾天下來，嗯，用老內對沖泡五次以上茶包的告別說詞：扔了不可惜。

飛鳥的襪子說明她曾到過這裡，可是屋內沒人，襪子在後院，再說明她與小梅從後面離開。

後牆外是條小徑，約二公尺寬，外面是向下傾斜的雜木林，羅蟄找到埋在泥裡大石塊砌的階梯，可以往下走到產業道路，那裡沒有汽車，卻有不清晰的輪胎印。

小梅架飛鳥又跑了。

上網找周邊地圖，警車守住山莊前後出口，小梅即使走產業道路仍得到回到山區內主要的縣道，跑不出北海岸。

「到明聖宮去了。」石天華認為。

「不，她們去這裡。」

羅蟄放大手機螢幕上的地圖，山區等高線內一個紅點旁寫著：福澤宮。

「他去這裡？」

「你看那邊的鞋印，」羅蟄指，「馬汀大夫鞋，鞋底有齒，和其他家的鞋子不一樣，是馬汀大夫的痕跡。」

「飛鳥的？」

「飛鳥不穿馬汀大夫，她穿單位發的警靴。小梅的。馬汀大夫前面是飛鳥的赤腳，至少一腳沒襪子。」

太明顯，兩個腳印不同，一個看得出腳趾，一個沒腳趾。她們走得匆忙，小梅沒注意飛鳥扔下的綁頭髮橡皮筋，羅蟄則看到，小心撿起。

「走不到明聖宮，走得到福澤宮，從產業道路往北，看地圖標的位置距離不遠，走路十五分鐘吧。」

二十多名員警跟在石天華後面呈扇形往北移動，他們追尋沒穿鞋，只左腳穿襪子的腳印。

10

福澤宮的名稱即說明主神是慈祥和藹的土地公，座落於產業道路旁的山腰上，五坪大小，屋頂看得出四角拉成飛簷形狀，卻沒有瓦，漆紅的鐵皮。

路旁的路標寫：

福澤宮，玄天上帝、五路財神、和合二仙、關聖帝君、土地公。

小小的廟竟容下這許多神祇。

員警於三十公尺外布置包圍的陣勢，五名狙擊手分別於樹上、高處完成射擊準備，霹靂小組準備攻堅，齊富敲其中一人的防彈頭盔：

「林飛揚隊長，目標物是十多天前踢你同事卵蛋的丙法醫女助理。」

林隊長蒙了面，看不出他興奮或是緊張。

「當心，丙法醫的女助理可能變成男的。」

林飛揚眼珠子幾乎鬥到一起。

物。」

「女的，男的，不好辨認？沒關係，裡面兩個人，女警飛鳥，認識？認識就好，另一個是目標

林飛揚眨眨眼。

「傳話給你部下，誰瞄不準，射中飛鳥刑警，我踹他卵蛋踹到爆漿。」

羅蟄擔心小梅在警方攻擊前先殺飛鳥，她個性太極端。石天華認為連續殺人犯重視儀式，小梅仍會用刀，齊富面色陰暗，不在乎小梅用什麼武器，下令狙擊手見到小梅即自由射擊。當然，狙擊手明白齊長官說的卵蛋爆漿不是開玩笑。

傳回影像，四具攝影機架設樹上，飛鳥捧一尊尊神像擺到廟前泥濘的空地。羅蟄算了算，二十六尊，大部分觀音菩薩，參雜腳踏龜蛇的玄天上帝、看春秋的關公、手持乾坤圈與混天綾的三太子。

「哇，小梅大拜拜？」羅蟄輕聲問。

「記不記得三十年前台灣流行的大家樂？媽的，你太年輕。」

「我媽玩菜市場的媽媽樂，差點把房子輸掉。」石天華有經驗。

「那時大家找神明出示明牌，到處蓋廟，後來政府開放樂透，明牌廟沒信徒，倒的、拆的，神像沒地方去，很多寺廟收容流浪在路邊、垃圾場的神佛。」

「難怪福澤宮那麼多菩薩。」羅蟄懂了。

神像增加到三十三尊，飛鳥停下點數目，像是計算再擺其他神像的空間。

「老大，我怕小梅放火燒廟，和飛鳥死在一起。先請出神像，她在明聖宮長大，愛惜神像。」

「燒自己？燒飛鳥？不顧人，顧泥塑的菩薩？」

「啊，」石天華另有看法，「他拿神像做障礙，賭我們不敢射擊神像。」

「小蟲，射爛神像會怎樣？」

「小時候沒學過，至少死了不能上天堂。」

「靠，」齊富第一次表達對宗教的敬畏，「叫狙擊手射準點。」

沒機會下手，小小福澤宮左右各一扇窗都關著，外面加了防盜鐵窗，猜小梅兩腿張開坐在神案下，兩手握飛鳥的警槍瞄準捧神像出去的飛鳥，狙擊手看不到小梅，攝影機拍不到小梅。

「保護人質第一，趁飛鳥移神像走出廟門，我朝裡面扔煙幕彈，你們兩個跟著上。」

齊富繫緊腰帶，褲腳塞進襪子。

「副局長，我去。」

石天華接過煙幕彈，不等齊富同意，趴著以兩肘與膝蓋力量匍伏前進。羅蟄跟進，兩人打同一個主意，扔出煙幕彈立刻衝向飛鳥抱她滾離小梅的射擊範圍。

飛鳥捧另一尊三太子出來，瞄到趴在五公尺外的兩個泥人，她未面露得救的笑容，反而皺眉。她不喜歡同事，特別異性的。

不，她左踝銬了手銬，另一端繫繩子。繩子扯直，說明繩子只這麼長，無論誰冒險跳去抱她都滾不遠，都在挨子彈的範圍內。

小廟內不是搬不完神佛的聚寶盆，再不行動，等搬完神像，只怕小梅點火燒廟來個玉石俱焚。羅鰲摘下防彈背心的閃光彈向石天華比個扔的手勢，石天華點頭。當飛鳥再次捧出一尊神像，兩人同時將手中的閃光彈與煙幕彈一起扔進窄小的廟門。

Two strikes。

飛鳥配合得天衣無縫，往旁邊一跳，雖然繩子短，她的人馬上重重摔倒在地，至少躲過小梅連續幾槍。

碰碰碰，強烈光線與紅色煙幕，廟內響起連續射擊的槍聲，狙擊手自由了，五把槍發瘋般打得福澤宮泥灰飛揚，看不到飛鳥，更看不到廟內的小梅。

看到飛鳥了，她居然站直身子衝進廟門，齊富已跑上前，兩手高舉並大喊停止射擊。

狙擊手停止射擊前，石天華和羅鰲朝前撲，血滴飛濺到羅鰲臉孔，熱熱的。

二十分鐘後齊富誇獎投彈的準確，two strikes，不過對飛鳥、羅鰲、石天華不顧小梅手中的槍，盲目地衝進福澤宮則瞪圓眼珠、吹出鼻毛地罵：

「壞壞壞，連三壞！」

小梅如羅鰲設想的張開兩腿坐在神案底下，槍扔於一旁，廚房內失蹤的ＷＭＦ菜刀插在她胸口。羅鰲伸手摸她脖子的動脈時動作用力了點，小梅的頭往旁一歪。

Strike out。

11

「我沒冒險，」飛鳥解下腳踝的手銬，由羅蟄朝傷口倒碘酒，「我在手槍內只填三發子彈，我數她打完三發才進廟。」

為什麼三發子彈？二十發裝的彈匣減肥變形，子彈裝不進去了？

「執勤遇持槍的賊匪，我如果三發打不中對方，一定滿身是對方的子彈。而且，報告老大，你知道每射出一顆子彈回去要寫多長的報告？你一定知道過去六年執勤員警擊斃六名嫌犯，其中四名開槍員警依違反警械使用條例被起訴？」

齊富知不知道不重要，小梅不知道？

「她會用刀，從沒用過槍，懂哪裡是保險，哪裡是扳機而已。」

當時狙擊手仍射擊，不怕被誤傷？

「小蟲和天華學長離廟口幾步而已，我不進去，他們也會進去。」

搶功這麼重要？

「不是搶功，我不甘心被那個女生當呆子一樣地綁架，丟臉。」

依身分證，方平暫時仍算男的。

「男的一樣。」

萬一槍內有第四顆神祕的子彈？

「沒想那麼多。」

小梅的自殺先於飛鳥衝進去，還是飛鳥見到她自殺？

「煙幕濃，我只看見她的臉。」

臉怎樣？

「她對我笑。」

石天華進去看到什麼？

「煙很濃，我看見飛鳥低頭看小梅的背影。」

羅蟄看到什麼？

「也看到小梅的臉，她沒對我笑。」

石天華與羅蟄充當拐杖，三人步出福澤宮，硝煙仍未完全散去，步槍斜掛於天華背後，他扶住飛鳥的背；手槍插在羅蟄腰間，他架住飛鳥的胳膊；飛鳥的背心下半截破爛，運動短褲一側開叉至腰部，左腳穿泥濘的短筒襪子，右腳沒襪子，盡是泥。

二十多名員警持槍靜止不動，看著三個人影走出煙霧。

「收隊。」齊富對霹靂小组的隊長林飛揚說。

林飛揚沒回答，張嘴看著移近的人影。

「你他媽的收隊，到底嗶是不嗶？」齊富再次對林飛揚下命令。

林飛揚仍未回答，他似乎努力以眼睛紀錄下這天戰鬥結束的美麗畫面。

石天華替齊富再喊一次：

「林飛揚，副局長問你to be or not to be。」

林飛揚醒了，抓起哨子回：

「To be。」

林飛揚大概英文系畢業的。

12

羅蟄請剛下飛機即被航警專車送來的朱心怡吃披薩。是個快樂、運動型的女孩，當她卸下大背包，所有人以為又回到福澤宮的煙幕、灰塵槍戰現場。

「阿爾卑斯的灰，說不定還有波茵湖的水，斯洛維尼亞的，克羅埃西亞上面，奧地利下面。」

齊富難得地奉茶待客：

「我們提供台灣台北消毒過的水。」

羅蟄推齊富出去，代溝影響偵訊進度。

認識周賜福不意外，他找上門。

麟山鼻露營那夜，進明聖宮的人多已疲憊，張傑瑞酒喝多話多，周賜福則不像嗜酒的人，朱心怡和他聊了幾句，很開心。

周賜福仍在醫學院念書，愛運動，兩人聊到登山馬上進入軌道。很少男生主動追朱心怡，不是長得沒陳采姿漂亮，她太活潑，定不下來，父母曾懷疑她是過動兒，小時候為此進過醫院檢查。

周賜福約她去市立運動中心打羽球，實力相當，商量花時間培養默契，組隊找其他人拚雙打。見三次面周賜福便在朱心怡住處過夜，摟摟親親但沒做愛。周賜福表示發展太快容易早結束，寧可慢慢來。

分手突然，周賜福半夜傳LINE的內容未刪除：

心怡，我不適合妳，對不起。

朱心怡並未追問理由，她雖然長得不如陳采姿，不代表她沒有自尊心。陳采姿知道她和周賜福的事，幾次詢問，朱心怡答應周賜福不當八卦婆地不願多談。

陳采姿見過周賜福，有天周賜福離去，采姿正好回來。周賜福低頭，對陳采姿的「嗨」當沒聽到。

朱心怡決心去歐洲爬山，陳采姿才說出她對周賜福的感覺。

「沒辦法讓人記得的臉孔？什麼意思？」

「采姿的意思是周賜福的臉孔沒辦法讓她記得清楚，她說得對，分手一個多星期，我到達瑞士有天半夜驚醒，想不起周賜福長什麼樣子了。」

「周賜福抹粉？」

「你怎麼知道，他說對陽光過敏，習慣擦防曬乳。」

「他戴隱形眼鏡。」

「好像。」

「香皂的味道。」

「對，他喜歡香皂。」

「想不起他的臉孔，記得他說過的話嗎？」

「一句，很深刻，誰聽了也不會忘記，加拿大詩人柯翰寫的，每一件事物都有裂縫，陽光才能照射進去。」

「裂縫？」

「There is a crack in everything, that's how the light gets in。」她一字一字地念。

「陽光？」

「我原諒他是因為記得這句話，他和我認識的男生不一樣，家庭壓力沉重到有時躺在他身旁的我也感受到重量。」

「他的家庭？」

「父母離婚，爸爸不知去向，媽媽的男朋友一個換一個，其中一個奪走他的童貞，他十二歲，有天他媽媽還沒下班，家裡只有他和那個男的，伸手抓住他褲襠不放，他很難過。」

「抓住褲襠和童貞有關係嗎？」

「心理上，羅警官，心理的影響常常比生理上的更大。」

「這樣就通了。」

「通了什麼？」

「他殺母親情人的動機。」

「他十二歲就殺人？」

「提過他和媽媽男朋友的細節？」

「沒，那次的霸凌使他困擾到高中，沒辦法確定喜歡男生還是喜歡女生。」

「為什麼？」

「被男人握住雞雞……而且——」

「而且？」

「而且他第一次興奮，是那個男人摸的。」

「那年他才十二歲，高潮？」

「他說的。」

「他跟妳說很多。」

「所有朋友都說我有種令人信賴的氣質，我的嘴比烏龜還緊。」

「烏龜？」

「你聽過烏龜的叫聲嗎？」

「我學一個朋友講話：咬我。」

「我猜他不和我做愛跟心理受創傷有關係，有次他摸我下面，摸得哭了。」

「他的人生有道別人看不見的裂縫，而且陽光射不進去。」

「羅警官感性。」

「哎，性感就好了。」

「他想殺采姿和我？」

「殺陳采姿，當然，沒料到計畫被我們攪亂，一急之下抓走飛鳥警官。殺妳？不，我想他從來沒有殺妳的意思，告訴妳這麼多私事，如果真要殺妳，妳會是她第一個目標。」

朱心怡胃口好，吃掉三片披薩。

「心怡，最後一個問題，周賜福本名方平，X光片顯示她有卵巢，應該是女人。」

「我快餓死，一上飛機就睡覺，什麼也沒吃。」

「妳感覺到？」

「還有沒有鳳梨的？」

「妳知道。」

她沒再吃披薩。

「問完了嗎？我急著看采姿。」

「采姿等妳。」

「羅警官，能說的我都說了，不能說的我要留給自己，我的嘴像——」

「比烏龜還緊。」

之後

「小蟲，你上。」

「我很累。」

「叫你上，你就上。」

「報告老大，真的很累，你以前罵我台灣國語，咬字不清，到時辭不達意，丟刑事局的臉。」

「故意送你記功機會，不服從命令，現在你等著記過。天華，你上。」

「能不能不要？我太老，七天沒刮鬍子，不上鏡頭。」

「你們倆串通好，要我難看？」

「不，長官，刑事局所有男性警員你最MAN，雖然年紀大了點，你比我們上鏡頭，代表刑事局還是長官你最好。」

「齊老大散發熟男的魅力，天華哥，你看他的額頭的智慧紋，要不是長年用力累積智慧怎麼長得出來。」

「媽的，兩個小傢伙有詭。老丙，你笑什麼笑，你設計的？」

「關我什麼事？嘖嘖，人在家中坐，禍從天上來，老齊，羅蟄是乩童，石天華心機重，他們說的話你別信。」

「說，小蟲，你們搞什麼把戲，當心我灌你胡椒水。」

「老大，我們是醜男，開記者會說明案情當然應該飛鳥上陣。」

「飛鳥？她是受害人。」

「女警被歹徒綁架，困境中不放棄工作，反敗為勝，她最能代表專案小組的精神。」

「小蟲說得對，應該飛鳥，我附議。」

「老齊呀，講過我沒和他們勾結，講的是良心話，你看看飛鳥，白嫩嫩的腿上刮出幾道血痕，漂亮的臉孔沾了泥，帶著從戰場回來的硝煙味，往麥克風前一站，赫，你馬上變成背景板。不，你根本變成空氣，火力發電廠噴出的高污染空氣。」

「還覺得有詭，你們兩個放著大好在長官眼前露臉的機會，寧可讓給飛鳥？等等，小蟲，是不是想追我們飛鳥？」

「老齊，誤謬，飛鳥不是你們的，小蟲愛追不追，你管不著。」

「沒用，你們泡麵、霜淇淋世代的男生沒男人氣魄，膽小、偷懶，有機會睡覺連婚也不結，要是有飛鳥一半的上進欲望就好了。」

「長官，我們的欲望用在別的地方。」

「明天你回瑞芳歸建，天華，一心提拔你，怎麼一把年紀被羅蟄帶壞。」

「老大，我上就我上。」

飛鳥起身一跺腳往外面走，齊富趕緊追去。剩下的三個男人沉默很久。

「你們看見沒？」

「看見了。」

「小蟲呢？」

「看見。」

「她跺腳欸。」

「對，她跺腳。」

「她真的跺腳。」

「小蟲，追她，原來她是真的女人，你不用怕。」

「報告丙法醫，就因為她是真的女人，我還真怕。」

◇ ◇ ◇

「有個困惑，你解解。」

「丙法醫請說。」

「小梅認為自己是男的還是女的？」

「她死了，沒處問。」

「所以我問你，以為我沒看見你們倆在後面親得像膠水黏住嘴巴？」

「原來丙法醫看到了。」

「真的？小蟲，感覺如何。」石天華差點學齊富拍垮婷婷餐廳的摺疊桌子。

「我的感覺？」羅蟄花了點時間認真的思考，「女的，我幾乎想追她。」

「啊。」老丙與石天華同時回應。

「也是男的，她喜歡朱心怡，故意放走她。」

「屁話，一下子又男的。」

「要是他小時候早發現自己生理缺陷就好了。」

「同意，要不是年紀大，說不定我會轉攻罕見疾病，替這些生來不公平的孩子多做點事。哎，如果我再年輕一次，再年輕一次。」

「丙法醫也不老，倒是不當法醫的話，齊老大會寂寞。」

「你們齊老大也是罕見疾病，」老丙的十隻指頭輪流敲桌面，「一生以不當官為目標，最後意外地當上刑事局副局長，臨退休了，又不想走，我猜他想幹幹局長過癮。這種疾病我稱之為心有未甘？」

「飛鳥呢？」

「和老齊相反，一心往上爬。」

「那不算罕見疾病，正常人都這樣。」石天華補充。

「是啊，花四十年終於功成名就，還是得退休，反而失落感更重。」

「丙法醫的意思是？」

「學天華，享受現在。」

「怎麼享受？」

「哎，小蟲還是沒想開，全台灣警察都知道你喜歡飛鳥，還不追，再過幾年後悔來不及啦。」

「我同意丙法醫。」石天華舉起兩手。

◇　◇　◇

「飛鳥天生麗質，記者說她上電視新聞，收視率馬上飆高。」

「她該找家經紀公司，轉行，。」

「小蟲，明天我回瑞芳，你老實回答我，哈飛鳥？」

「我哈沒用。」

「承認囉，幫你弄威而鋼。」

「不是啦。」

「說說，我的嘴也像烏龜。」

「天華哥，丙法醫說得清楚，飛鳥一心只有事業，沒時間理任何男人。」

「未來警政署第一任女性署長。」

「女署長，」老丙窸窸窣窣吃光一盤嘴邊肉，「我覺得挺好，小蟲的個性適合當個沒聲音的官丈夫。」

婷婷拿他們當吃拜拜的流水席，一道菜接一道菜沒停過。

「我們敬天華一杯，」老丙舉起杯子，「你們瑞芳有什麼特產？」

「天燈。」

「丙法醫問的是吃的，食物。」

「龍鳳腿、糯米腸——」

「什麼是龍鳳腿？」

「魚肉打成漿，豬油網包住下油鍋炸。」

「哇，瑞芳是個好地方。」

「丙法醫，婷婷請我們吃成這樣，你該先說景美是個好地方。」

「瑞芳好，景美好，辛亥路太淒涼。」

電視播的飛鳥尚未結束，製作單位似乎捨不得結束，慢動作拍攝飛鳥離開麥克風走回解剖中心。

羅蟄起身進廚房。

「小雨，手藝好，以後我常來，叫婷婷一定收我錢，不然傳到督察室，我會被起訴貪瀆罪。」

「婷婷請誰，我管不著。」

「這樣啊，我們恢復以前見面打架比較好。」

「羅警官外找。」老丙的聲音。

站在小店外的居然是飛鳥，全身警局發的深藍色運動服。

「歡送天華哥為什麼沒叫我？」

她看到電視螢幕裡的自己，拿起遙控器按國家地理頻道，非洲草原上的獅子正大量消耗熱量地想法子開飯。

「妳忙。」

「小蟲學長，我尊重你，天華學長冒險救我，送他怎麼能沒有我。」

「羅蟄和我同時衝進廟門，別謝我一個人。」

「他，我另外謝。」

石天華沒出聲，老丙吃豬肝差點嗆到。

「諾，」飛鳥拿出一張信紙，「小梅——方平給你的。」

一張從筆記本撕下的紙，寫了短短一行字：

小蟲，真想一直下雨，真想一直和你抽菸下去。

羅蟄將紙折成小小的塞進口袋，老丙好奇：

「寫什麼？」

三個人看向發呆的羅蟄。

「不想說，不用說。」飛鳥說。

「他寫陽光照不進去的裂縫。」

飛鳥夾起豬肝，天華拿起空酒杯，老丙呼喚婷婷：

「啤酒沒了。」

◇　◇　◇

福澤宮槍戰的次日媒體找到現場，拍詳細到菩薩的皺紋都躲不掉的畫面用在新聞中，記者報導小廟內一共四十五尊一般書籍大小的泥塑神像，其中三十四尊不知原因地擺設於廟前空地，廟身則被槍

彈打得到處是彈孔近乎倒塌，奇怪的是沒有一尊神像被射中，成為槍戰沉默的目擊者。

當然，羅蟄是警界出名的乩童警官，死者方平曾是石門明聖宮的乩童，「WMF菜刀連續殺人案」冗長的名稱不再成為媒體的標題，一本當周出版的雜誌在封面大大印著：

乩童警探、乩童連續殺人魔，鬥法櫻花道

後記

小說裡的若干景點名稱，如宮廟、社區、羅雨工作的館子，許多均為捏造，免得造成不必要的困擾。

感謝巴代告訴我飛鳥的卑南語發音，謝謝毓瑜、君宇兩位編輯對我的協助。謝謝看過這本書的讀者，沒有你們，我只是失去戰場的戰馬。

敬請期待《乩童警探》第三部。

鏡小說 037

乩童警探：雙重謀殺

作　　者：張國立
責任編輯：王君宇
協力編輯：陳彥廷
責任企劃：劉凱瑛
整合行銷：陳霈紋

主　　編：劉璞
副總編輯：林毓瑜
總 編 輯：董成瑜
發 行 人：裴偉

裝幀設計：海流設計
內頁排版：宸遠彩藝

出　　版：鏡文學股份有限公司
114066 台北市內湖區堤頂大道一段 365 號 7 樓
電　　話：02-6633-3500
傳　　真：02-6633-3544
讀者服務信箱：MF.Publication@mirrorfiction.com

總 經 銷：大和書報圖書股份有限公司
242 新北市新莊區五工五路 2 號
電　　話：02-8990-2588
傳　　真：02-2299-7900

印　　刷：漾格科技股份有限公司
出版日期：2020 年 9 月 初版一刷
I S B N：978-986-98868-7-1
定　　價：380 元

國家圖書館出版品預行編目 (CIP) 資料

乩童警探：雙重謀殺 / 張國立著. -- 初版.
-- 臺北市：鏡文學, 2020.09
面；14.8×21 公分 . -- (鏡小說；37)
ISBN 978-986-98868-7-1(平裝)

863.57　　109010093